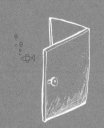

얼토당토않고 불가해한 슬픔에 관한 1831일의 보고서
ⓒ 2022 조우리

1판 1쇄 2022년 7월 11일 | 1판 7쇄 2023년 9월 18일
글쓴이 조우리 | 책임편집 곽수빈 | 편집 원선화 이복희 | 디자인 이지인 이은하 | 173쪽 그림 Heather
마케팅 정민호 서지화 한민아 이민경 안남영 왕지경 황승현 김혜원 김하연
브랜딩 함유지 함근아 고보미 박민재 김희숙 정승민 배진성 | 저작권 박지영 형소진 최은진 서연주 오서영
제작 강신은 김동욱 이순호 | 제작처 영신사
펴낸곳 (주)문학동네 | 펴낸이 김소영 | 출판등록 1993년 10월 22일 제2003-000045호
주소 10881 경기도 파주시 회동길 210 | 전자우편 kids@munhak.com
홈페이지 www.munhak.com | 카페 cafe.naver.com/mhdn
북클럽 bookclubmunhak.com | 트위터 @kidsmunhak | 인스타그램 @kidsmunhak
대표전화 (031)955-8888 팩스 (031)955-8855
문의전화 (031)955-3576(마케팅) (02)3144-3242(편집)
ISBN 978-89-546-9967-9   03810

잘못된 책은 구입하신 서점에서 교환해 드립니다. 기타 교환 문의: (031)955-2661, 3580

얼토당토않고 불가해한 슬픔에 관한 1831일의 보고서

조우리 장편소설

문학동네

차례

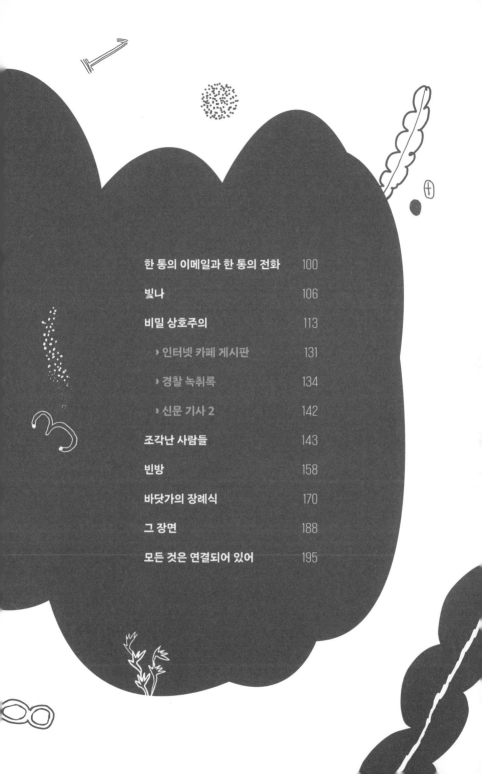

‹ 어느 마술사 이야기 ›

'헤렌 산토스.'

나무 냄새가 채 가시지 않은 밀크초콜릿 빛깔의 문에 손을 올렸을 때 무의식의 심연에 가라앉아 있던 이름이 수면 위로 둥실, 부표처럼 떠올랐다.

오래전, 아버지는 헤렌 산토스라는 사라진 마술사에 대한 이야기를 내게 해 줬다. 까맣게 잊고 있었는데 그 이름을 기억해 내자 땅속에서 줄줄이 딸려 나오는 감자들처럼 그날 우리의 대화가 놀랄 정도로 세세하게 떠올랐다.

그는 20세기 말 데이비드 카퍼필드와 더불어 이름을 날린 최고의 마술사였다. 데이비드 카퍼필드가 자유의 여신상을 사라지게 하거나 쇠사슬에 꽁꽁 묶인 채 관에 들어가 나이아가라 폭포에서 떨어진 뒤 탈출하는 스케일 큰 마술을 했다면 그 반대편에 헤렌 산토스가 있었다. 헤렌 산토스는 타인의 기억과 감정, 마음을 읽는 텔레파시, 먼 곳의 물건을 손대지 않고 무대로 가져오는 염력술 등 마법에 가까운 정적인 마술을 주로 했다. 해리포터 영화를 볼 때 아버지가 저건 다 헤렌이 이미 했던 것들이라고 이야기할 정도였다.

"문이 있었어."

그 이야기를 할 때 아버지의 표정은 아득했다. 나는 옆에서 과자를 아작아작 씹고 있었다.

"평범하고 어디서나 볼 수 있는 나무 문이었지. 손잡이가 있고 여섯 개의 직사각형이 나란히 음각으로 파여 있는…… 뭐랄까 좀 가나 초콜릿 같은 문이었어."

무대 위에 덩그러니 서 있는 거대한 가나 초콜릿. 지금 내 눈앞의 이 문도 딱 그렇게 생겼다. 여섯 개의 직사각형 음각 모양까지도.

"헤렌은 문을 360도 돌려 가면서 그냥 문일 뿐이라는 걸 보여 줬어. 그리고 그 문은 어딘가로 통한다고 말했어. 지나고 생각해 보니 그건 웜홀의 개념이었어. 웜홀 알지?"

나는 고개를 열정적으로 끄덕였다. 우주와 미스터리에 빠져 있던 초등학생 아이였던 것이다.

"알다시피 웜홀은 우주를 여행할 때 먼 거리를 가로지를 수 있다고 하는 가설적 통로, 즉 이론상의 지름길이지. 헤렌은 웜홀이라는 표현은 쓰지 않았지만 분명 그런 의미로 말했다고 생각해."

혜렌이 문을 열자 사각형의 문틀을 액자 삼아 무대 뒤편이 고스란히 보인다. 무대는 엄숙하리만치 고요하다. 잠시 후 그는 별다른 제스처도 없이 문틀을 밟고 그 너머로 사라진다. 마치 창밖으로 훌쩍 날아가는 비둘기처럼.

"얇은 문틀 하나일 뿐이었는데 혜렌이 그걸 넘어가는 순간 투명인간처럼 사라져 버린 거야."

번쩍이는 조명, 절정으로 치닫는 파이프오르간 멜로디 속에서 새하얀 은발에 검은 턱시도를 입은 혜렌이 사라지는 광경. 나는 마치 거기에 있는 것처럼 모든 것을 생생하게 상상할 수 있었다.

잠시 후 조수가 나와 천천히 문을 닫는다. 몇몇 사람들은 닫지 말라고 소리친다.(Don't close the door!) 하지만 조수는 단호하게 문을 닫은 후 똑똑 두 번 노크를 한다. 그러자 안에서 똑똑 두 번의 화답이 들려온다. 조수는 혜렌에게 거기 있느냐고 묻는다. 혜렌은 '반쯤은'이라고 대답한다.

"조수는 문에 불을 붙여서 다 태워 버렸어. 하얀 재가 펄펄 날리고 마침내 무대 위엔 아무것도 남지 않게 되었어. 모두 일어서서 기립 박수를 쳤어. 그런 마술은 생전 처음 봤거든. 문을 닫고 사라지는 이들은 있었지. 하지만 늘 밀실 같은 공간으로 막혀 있었어. 이건 전혀 다른 종류의 마술이라는 생각이 들었어."

그것은 헤렌의 마지막 마술이 되었다.

다시 등장해 인사를 하고 박수를 받아야 하는 타이밍에도 그는 나타나지 않았다. 아무리 기다려도 그가 무대로 돌아오지 않자 스태프들과 조수들은 당황해 어쩔 줄을 모르고 공연은 순식간에 엉망진창이 되었다. 조수들이 남은 공연을 이어 가 보려 했으나 관객들은 원치 않았고 결국 그렇게 끝이 났다. 모든 게.

모든 게 짜여진 각본이라고 하는 사람도 있었지만 많은 사람들이 그가 그 문을 통과해 어딘가로 갔다고 믿었다. 아버지도 그중 하나였다.

"세상엔 정말 알 수 없는 일들이 일어나니까."

어쩌면 내가 상상력을 가진 아이로 자라길 바라는 마음에 아버지는 일부러 그런 말을 덧붙였을지도 모른다. 하지만 조금 자란 뒤 나는 모두들 '세상엔 알 수 없는 일들이 일어나니까'라는 마음으로 살아가고 있는 것 아닐까 생각하게 되었다. 지금의 삶이, 눈에 보이는 세상이 어쩌면 전부가 아닐지도 모른다는 기대감을 조금씩 가진 채로.

그리고 지금 내 눈앞에 나무 문이 있다. 내가 어렸을 때 상상했던 헤렌의 나무 문과 상당히 흡사하다. 지난 겨울방학 내내 학교는 노후한 시설을 교체하고 페인트칠을 다시 하고 교실 문도 새것으로 바꿨다. 이전의 교실 문은 아랫부분이 썩어 제대로 닫히지 않았다. 부분적 성형수술을 받은 얼굴처럼 학교 내부는 아주 새것과 아주 오래된 것들이 마구 뒤섞여 있었다.

한국의 중학교 교실 문이 그가 마지막으로 넘어간 문과 비슷할 거라고 헤렌은 상상이나 해 봤을까. 그는 그 문을 통과해 어떤 장소에 도착했을까. 그곳이 사막인지 북극인지 지구의 반대편인지 알 수 없지만 도착한 순간 되돌아가겠다는 마음이 한 톨도 들지 않은 게 분명하다. 아직까지도 그는 돌아오지 않았으니까. 그리고 내가 그 이야기를 생생하게 기억하고 있다는 것을 아버지는 상상도 못 할 것이다.

이른 아침이고 복도에는 아무도 없다. 이 문도 웜홀의 입구라면 좋겠다. 건너편에 교실이 아닌 다른 장소가 있으면 좋겠다. 하지만 내가 가고 싶은 장소는 어디지? 아무리 생각해도 단 한 군데도 떠올릴 수 없다. 갈 곳도, 가고 싶은 곳도 없다.

나는 동면에서 덜 깬 곰이 움직이는 것처럼 느릿느릿 교실 문을 열었다. 아무런 반전 없이 평범한 교실의 풍경이 눈에 들어왔다. 또다시 새 학기의 시작이었다.

3월 2일

라면 2봉 6,200원

찬스 광고 100,000원

교통 카드 충전 20,000원

작업복 바지 8,000원

3월 5일

점심 6,000원

대출 이자(오케이) 350,000원

약값 120,000원

병원비 54,300원

3월 8일

현수 문제집 42,000원

저녁(김밥천국) 4,500원

플래카드 10부 250,000원

현수 용돈 20,000원

3월 9일

동해 왕복 버스비 46,000원

박카스 세 박스 24,000원

점심 4,000원

모든 진실은 세 가지 과정을 거친다.
첫째, 조롱당한다.
둘째, 심한 반대에 부딪친다.
셋째, 자명한 진실로 받아들여진다.*

- 통장 잔고 확인
- 병원 예약
- 쌀, 생수 주문
- 개미인력 등록

*쇼펜하우어

‹ 패 럴 렐 월 드 의 선 의 ›

3월 둘째 주가 되자 1학기 상담 주간이 시작됐다. 보통 설문지를 작성하고 형식적으로 마무리하는데 우리 담임은 그것으론 성에 차지 않는가 보다. 모든 반 아이들과 1:1 상담을, 그것도 심화 상담으로 진행한단다. 새로 부임해서인지 허튼 에너지가 남다르다.

절대로 눈에 띄고 싶지 않다. 담임에게건 아이들에게건. 나와 비슷한 바람을 가진 아이들이 많겠지만 나에게는 훨씬 중차대한 일이다. 몇 년간 원치 않는 엄청난 관심 속에서 살아 본 경험이 있다면 이해할 수 있을 것이다. 학교에서, 학원에서, 놀이터에서, 엘리베이터에서, 길거리에서, 버스 정류장에서 시도 때도 없이 다가와서 건네는 말이라면 그것이 위로든 뒷말이든 참견이든 비난이든 똑같이 사람을 미치게 만든다는 사실도. 중학교에 올라오고 이사를 하며 그런 관심들에서 예전보단 멀어졌지만 방심할 수 없다. 사람들은 너무 쉽게 타인의 상황에 불필요한 관심을 갖고 아무렇지 않게 소문을 공유한다. 정말이지 조용하게 살고 싶다, 나는.

담임은 집에 가져가면 대충 해 온다며 수업 시간을 한 시간 빼서 자기소개서를 작성하게 했다. 이름, 가족관계, 보호자 연락처, 좋아하는 것, 싫어하는 것, 잘하는 것, 장래 희망, 현재의 고민, 친한 친구 이름과 연락처……. 이름을 쓰고 나니 다른 빈칸을 어떻게 채워야 할지 막막했다. 가족관계 옆에 아버지, 엄마를 쓰곤 한참을 고민하다 동생을 썼다. 보호자 연락처에는 아버지의 번호를 적었고 괄호 열고 '바쁘셔서 전화 잘 안 받으심'이라고 썼다가 지웠다. 좋아하는 것과 싫어하는 것을 채우는 일은 더 난감했다. 그 무엇이 됐건 좋아하지도 싫어하지도 않는다. 그런 호불호의 감정을 가져 본 일이 언제인지 기억조차 나지 않는다. 할 수 없이 사물함에 다녀오는 척하며 애들 것을 훔쳐봤다. 좋아하는 것에는 게임, 유튜브가 많이 보였고 싫어하는 것에는 수학이나 체육, 벌레, 잔소리 뭐 이런 것들이 쓰여 있었다. 대충 그렇게 따라 썼다. 잘하는 것 옆에는 숨쉬기, 잠자기를 썼다.(짝의 것을 참고했다.) 장래 희망에는 선생님, 현재의 고민에는 사춘기가 온 것 같아요, 친한 친구란에는 아무 이름이나 적은 후 핸드폰 없음이라고 썼다.

믿기지 않게도 많은 아이들이 진지하게 칸을 채웠다. 내 앞자리 애는 아무도 못 보게 엎드린 채 종이를 가리고 뭔가 가득 쓰고 있었다. 고작 일주일 전에 만난 사람에게 정말 '자기소개'를 할 셈인가 보다. 저 애의 마음이 인간에 대한 믿음인지 담임의 권위에 대한 굴복인지 모르겠지만 어쨌거나 이런 종이를 나눠준 담임이 제일 별로다.

종이 치자 맨 뒷줄에서 일어나 자기소개서를 걷기 시작했다. 그런데 우리 줄 애가 종이를 가져가며 하나하나 유심히 읽고 있었다. 별로 내용은 없지만 신경이 쓰여 내 앞에 왔을 때 말했다.

"남의 거 왜 봐."

"아 미안, 나 그냥 애들 장래 희망이 궁금해서……."

기습에 당황했는지 그 애는 우물쭈물 대답했다.

그게 왜 궁금한지 이해가 안 됐지만 더 이상 말하지 않았다. 그 애 손에서 종이 뭉텅이를 가져와 중간 어디쯤에 내 걸 끼워 넣고 돌려주었다. 그러고 화장실에 다녀왔는데 그 애가 내 책상 앞에 있었다.

"너 화났어?"

"아니? 내가 왜?"

"표정이 완전 썩은 토마토……."

"내 얼굴이 썩었다고?"

"아니, 부패한 채소류 같아……."

어이가 없었다. 개인 정보를 마음대로 보려고 한 본인의 잘못은 생각 안 하고. 하지만 마음과 달리 내 얼굴이 점점 더 빨개지는 게 느껴졌다. 여자애와 이야기를 하고 있으니 주변 애들의 시선이 하나둘 내게 향했다. 얼른 이 상황을 벗어나야 했다. 때마침 교무실에서 돌아온 반장이 오늘 종례 없다고 외쳤다.

"나 화 안 났어. 그니까 네 자리로 가 봐."

"정말?"

"어."

"정말, 정말?"

대체 뭐 하는 앤가 싶었다. 급기야 그 애가 웃으며 얼굴을 바짝 가까이 대려고 해 부리나케 교실을 빠져나왔다. 잘 알지도 못하는 사람한테 그렇게 환하게 웃다니. 그 애는 아이처럼 온 얼굴을 구기며 웃었다. 누구에게나 친근하게 굴고 안전거리 없이 훅 다가오는 애들은 내게 외계인보다 더 낯설다. 혹시 쫓아올세라 빠르게 발걸음을 옮겼다.

엄마는 티브이를 켜 놓은 채 잠들어 있었다. 엄마의 숨결에서 희미하게 술 냄새가 났다. 어쩌면 착각인지도 모른다. 엄마가 복용하는 약에서도 술 냄새 같은 것이 나니까. 아니, 엄마가 약과 술을 함께 삼킬 때가 많아 내가 그 두 냄새를 구분 못 하게 된 것일 수도 있다. 노란빛이 도는 엄마의 얼굴은 이른 저녁에 홀로 뜬 달처럼 쓸쓸하다. 나는 이불을 덮어 주고 티브이 소리를 두어 칸 줄인 후 내 방으로 왔다.

이불 위에 누워 유튜브를 틀었다. 나는 게임은 하지 않는다. 티브이도 보지 않는다. 오로지 유튜브만 본다. 내가 배워야 할 것들의 대부분을 유튜브에서 배웠다. 그러고 보니 자기소개서에 하나쯤은 진실을 쓴 것이다.

유튜브 검색 기록에 내가 친 단어들이 보인다. '실험 카메라' '사회적 실험' '착한 사마리아인 실험'……. 아무거나 누르니 거리에서 일진에게 돈을 뺏기는 아이를 본 시민들의 반응이 어떤지 살펴보는 영상이 뜬다. 몇 번이나 본 영상이지만 또다시 집중해서 본다. 어떤 젊은 남자는 돈 뺏는 아이의 멱살을 잡는다. 어떤 학생은 소리를 지르며 주변에 도움을 요청한다. 어떤 아주머니는 돈 뺏기는 아이를 자신의 뒤에 숨긴다. 살면서 한 번도 만나 보지 못한 유형의 사람들이 유튜브에는 널려 있다. 영상은 자동으로 다음 실험으로 넘어간다. 한강대교에서 뛰어내리려고 하는 남자를 지나가는 시민들이 구한다. 함께 손을 맞잡고 엉엉 우는가 하면 돈이 필요하면 자신이 빌려주겠다는 사람도 있다. 실험을 위해 뛰어내리는 척 연기를 한 사람마저도 그들의 따뜻한 마음에 감동을 받아 눈물을 흘린다.

우연히 이런 유의 영상을 보게 된 후 습관처럼 자꾸 찾아본다. 생면부지의 사람을 돕기 위해 아무런 대가를 바라지 않고 나서는 사람들이 존재하다니 저곳은 사실 패럴렐 월드 아닐까. 내가 사는 세상과 비슷하지만 매우 다른 어떤 곳. 네이버 지식인에 찾아보니 다 짜고 치는 고스톱이라는 말도 있었다. 하지만 그러기에는 사람들의 표정이나 말투, 행동이 너무나 자연스럽다. 정말일까 아닐까 생각하며 영상을 보고 또 본다. 잘 편집된 불특정 다수의 선의를 확인하고 또 확인한다. 이런 유의 영상은 정말이지 끝도 없이 이어지고 심지어 조회수도 무척 높다. 다른 시청자들은 어떤 마음으로 이런 것을 찾아보는지 궁금하다.

언젠가 이 중 몇 개를 엄마와 본 적이 있다. 엄마는 금세 눈물 범벅이 되었고 크게 감동했다. '봐 봐, 사람들이 이렇게 착해.' 엄마의 말에 나는 깜짝 놀라고 말았는데 동시에 엄마가 기억상실증에 걸린 건 아닌지 심각하게 걱정해야 했다. 술을 마시면 마실수록 순진하고 단순한 인격으로 변하는 걸까. 그러지 않고서야 그런 말을 할 수가 없다. 엄마를 공격하던 낯모르는 수많은 사람들의 말 하나하나가 여전히 가시처럼 박혀 엄마를 더욱 병들게 하고 있는데. 엄마는 아직도 사람들을 믿는다. '인간극장' 같은 다큐멘터리를 좋아하고 '사람이 꽃보다 아름다워' 같은 노래를 따라 부른다. 하지만 솔직히 말하자면, 그게 뭐라고 조금 위안받

게 된다. 엄마는 무너졌지만 분명 완전히 무너진 것은 아닐 거다.

유튜브 영상을 열 개쯤 보고 일어났다. 배가 고팠다. 엄마는 아직도 자고 있었다. 멀리 일을 간 아버지는 아마 오늘 돌아오지 못할 것이다. 주섬주섬 옷을 입고 돌봄센터로 향했다.

입구 간판에는 다른 부연 설명 없이 웃는 얼굴 그림과 '이룸'이란 작은 글자만 있다. 대충 보면 무슨 사이비 종교 연구소처럼 보인다. 저번에 다녔던 곳은 '아동청소년 돌봄센터'라고 무지하게 크게 쓰여 있어서 들어갈 때마다 싫었다.

작고 낡았지만 3층 건물 전체가 이룸 센터다. 1층엔 방과 후 프로그램을 하는 학습실, 2층엔 자습실, 3층엔 식당과 사무실이 있다. 음식 냄새가 나고 3층이 시끄러운 걸 보니 저녁 시간에 딱 맞춰 왔다. 그림자처럼 조용히 아이들 사이로 끼어들어 식판을 들었다. 대부분 아는 얼굴이지만 친한 애는 없다. 학교에서 마주치면 더더욱 모르는 척하는 게 불문율이다. 메뉴는 어묵국과 소시지야채볶음, 콩나물무침, 김치로 단출하다. 그래도 이곳이 없었다면 라면과 식빵만 먹다 영양실조에 걸렸거나 굶어 죽었을지도 모른다.

이곳에서 역시 나를 최대한 내보이지 않고 존재감을 지우려고 애쓴다. 괜히 누군가와 필요 이상의 관계를 맺거나 동정을 얻게 될까 두렵기 때문이다. 정말이지 두렵다. 익명의 열다섯 살 중학생에서 최현수가 되고, 집이 망해 일용직 노동자 아버지를 둔 최현수, 엄마까지 알코올중독자인 가여운 최현수가 되는 일은. 우리가 서로 아는 건 방과 후 돌봄센터가 필요한 청소년이라는 것뿐. 더 관심받을 일도, 덜 관심받을 일도 없었으면 한다.

식사를 마치자 센터 선생님이 나를 불렀다. 작년까진 사무실 밖으로 잘 안 나오다 최근 센터 여기저기를 어정거리며 다니는 선생님이다. 학생 인원 감소로 옆 동네 센터와 통합된다는 소문이 있는데 그것과 연관이 있는 듯하다. 돌봄 선생님들이 줄어서 땜빵을 하려는 것 같았다. 어차피 나완 상관없지만.

"대영중 다니지?"

"네."

"너네 학교 교복이 하나 들어왔는데 필요해?"

고개를 끄덕였다. 일단 받아 두는 게 좋다.

"중학생 애들은 갑자기 키가 훌쩍 크지. 급성장기가 오는 때라 그래."

종이봉투에 든 교복을 받아 들었다.

"학교는 어때? 다닐 만해?"

"네."

"담임 선생님은 어때?"

"……."

"좋아?"

"……네."

단문으로 이어지는 나의 대답에 선생님은 내 눈을 살피더니 어깨를 한번 두드리곤 자리를 떠났다. 내가 얼마나 대화를 이어 가기 힘든 상대인지 눈치챈 거였으면 좋겠다.

‹ 비극의 사이즈 ›

3월 마지막 주에 내 상담 차례가 돌아왔다. '흐리멍텅한 눈빛과 단답의 조화'라는 새로울 것도 없는 방어력을 다지며 교실에 앉아 상담 시간을 기다렸다. 아이들은 모두 하교했고 오늘의 상담자는 나뿐이다. 열린 창문으로 지나간 계절의 흔적이 남은 바람이 흘러들어 온다. 기울어진 오후의 햇살이 교실에 고여 춥지는 않다. 나른하고 조금 졸렸다. 나직하게 속삭이는 듯한 누군가의 목소리를 듣기 전까지는 그랬다.

담임은 3층에 있는 우리 교실까지 자신의 목소리가 들릴 거라곤 생각을 못 한 것 같다. 혹은 내가 그 교실에 오도카니 앉아 다섯 시가 되기를 기다리고 있다는 걸 상상도 못 한 모양이다. 교정 구석탱이에서 전자담배를 피우고 있는 것만 봐도 얼마나 조심성이 없는지 알 수 있다. 담임은 통화 중이었다.

"내가 이제 걔를 만날 거거든. 무슨 말을 해야 되냐? 너도 알다시피 내가 말을 못하는 편은 아니잖아. 근데 애 진짜 말도 없고,

무슨 생각을 하는지도 모르겠고, 속을 알 수 없어. 그 나이 때 그런 애들은 많지만 애는 좀 특수한 상황이잖아."

달콤한 망고 향이 공기에 섞여 올라온다.

"도망가고 싶다. 오은영 박사님이 와도 힘들걸. 그냥 아무것도 모르는 척하는 게 낫겠지? 어설프게 접근하기엔 너무…… 뭐랄까, 비극의 사이즈가 크잖냐."

상대의 말을 듣는 듯 응응, 낮은 대답 소리가 들린다. 곧 다섯 시다. 통화가 끝나고도 담임은 그 자리에서 한숨 같은 담배 연기를 한참 뿜어 댔다. 덕분에 망고 농장 한가운데 들어와 있는 듯하다. 참고로 나는 과일 중 망고를 제일 싫어한다.

기껏 지어낸 자기소개서는 의미 없었다. 어차피 공식적으로, 비공식적으로 내가 앞으로 만나는 모든 선생님들은 나에 대해 알고 있을 것이다. 초등학교 때의 무수한 결석 기록과 연민에 가득 찬 담임 선생님의 코멘트는 생활기록부에 남아 있다. 나를 담당하는 선생님은 나를 보호한다는 명목으로 마음만 먹으면 그 일에 관해 파헤쳐 볼 수 있다. 내가 어리석었다.

집으로 돌아오는 길 담임에게 전화가 두 통, 문자가 한 통 왔다. 왜 상담에 오지 않느냐는 문자에 집에 일이 생겼다고 답을 보냈다. 사실 보내고 싶은 문장은 '학교 내에서는 금연' 혹은 '비극의 사이즈가 너무 커서 상담 불가'였지만. 담임이 조만간 다시 상담 일자를 잡자고 했지만 더는 답장하지 않았다. 분명 안도하고 있을 것이다.

　아버지가 일찍 퇴근해 같이 저녁을 먹었다. 삼겹살을 사다 구워 먹었다. 기름이 튀어 온 집 안 전체가 미끌미끌해진 듯했지만 고기 앞에선 사소한 문제일 뿐이다. 엄마는 또 자고 있었다. 약이 독해서 그렇다고 한다. 아버지는 엄마가 깊이 잠든 걸 확인하더니 장롱 안 겨울옷 더미 깊이 손을 넣어 소주병을 꺼냈다.
　"아들이 한잔 따라 줄래?"
　싫었지만 싫다고 할 수 없었다. 집 안 여기저기 숨겨 둔 소주를 아버지가 엄마 몰래 가끔 마신다는 걸 알고 있다. 그리고 그 소주를 아버지 몰래 엄마가 찾아다닌다는 것도 알고 있다. 표면으로 드러난 건 엄마의 알코올중독이지만 사실 아버지도 마찬가지다. 엄마보다 좀 더 자제력이 있고 남들 앞에서 안 마신다는 점이 다르다.
　바닥에 신문지를 깔고 휴대용 가스레인지에 프라이팬을 올리고 김치 통을 꺼낸 게 상차림의 전부였지만 정말 오랜만에 집에서의 식사다. 아버지는 첫 잔 이후로 혼자 술을 따라 마시며 병을 비웠다. 달리 오가는 대화도 없었다. 아버지는 최근 말수가 더욱 줄었다. 말하는 에너지마저 아껴 생존하는 데 쓰려는 듯하다.

고기 굽는 소리, 씹는 소리, 삼키는 소리만이 적막을 채운다. 불현듯 아버지가 리모컨으로 티브이를 틀었다. 아버지와 나는 하나도 웃기지 않은 예능 프로를 보며 묵묵히 고기를 씹고 삼켰다.

"아버지, 헤렌 산토스 기억나세요?"

나의 갑작스러운 질문에 아버지는 멍한 눈으로 나를 쳐다봤다.

"공연에서 사라져 버린 그 마술사 말이에요."

"아아……."

아버지는 빈 잔에 소주를 따랐다.

"그 새끼 사기꾼이야."

더 길게 말하지 않고 아버지는 소주를 마셨다. 나도 더 이상 물어볼 수 없었다.

헤렌 산토스뿐 아니라 그날의 아버지 역시 사라진 지 오래다. 늘 내게 많은 이야기를 해 주던 기억 속의 아버지.

프라이팬에 고기를 다섯 판쯤 올렸을 때 티브이 프로는 뉴스로 바뀌었다. 젊은 남자 아나운서가 하루 동안 일어난 일들을 끝도 없이 늘어놓기 시작했다. 국회의사당에서, 청와대에서, 광화문에서. 야당이, 여당이, 시위대가, 어린이가, 신원 불명의 누군가가. 어느 아파트에서, 지하철역에서, 제주도에서……. 스물네 시간 동안 전국 방방곡곡에서 정말 많은 일들이 일어났다. 그러다 아나운서는 최근 일어난 사건의 부실 수사 논란에 대해 말하기 시작했다. 아버지는 식사를 멈추고 정지 화면처럼 티브이를 한참 쳐다봤다. 나는 그런 아버지를 쳐다봤다. 화면 안에서 피해자의 가족으로 보이는 사람이 부실 수사에 대해 호소하고 있었다. 모자이크가 되어 있었지만 그가 울고 있다는 사실을 알 수 있었다. 잠시 후 아버지는 리모컨을 들어 티브이를 껐고 집 안은 아까보다 더욱 깊은 어둠에 잠겼다. 부탄가스가 다 되었는지 가스불도 꺼져 가고 있다.

아버지는 벌떡 일어나더니 바람 좀 쐬고 온다며 그대로 나가버렸다. 혼자 남은 나는 소주병부터 숨기고 남은 것들을 정리하기 시작했다. 안방에서 엄마가 뒤척이며 잠꼬대 같은 소리를 냈다. 너무 익어 말라비틀어진 삼겹살을 그릇에 담고 랩에 싸 엄마 머리맡에 두었다. 곧이어 집을 빠져나왔다. 가고 싶은 곳은 없지만 머물고 싶은 집도 아니다. 집도 나도 훈연이라도 당한 것처럼 고기 냄새가 심하게 뱄다. 집 근처 공중화장실에서 저녁에 먹은 것을 모두 토했다.

안타까운 미제 사건 '동해 혜진이 실종 사건'
무성의한 초기 수사가 주범

경찰, 목격자 진술에만 의존, 사건 발생 후 3일간 수색 전무…

진술 증거가 될 블랙박스 확인도 한발 늦어

공권력의 부실 수사가 한 시민의 가정을 순식간에 파탄으로 밀어 넣었다. 수사기관은 실종자 최혜진 양의 아버지 최 씨의 '결백하다'는 절박한 호소를 묵살한 채 단순 진술에만 의존해 그를 범인으로 지목했다. 이로 인해 수사 초기 골든 타임을 놓쳤고 혜진 양의 실종으로 큰 상처를 받은 최 씨와 최 씨의 가족에게 씻을 수 없는 트라우마를 안겼다.

일각에서는 경찰이 초동수사 부실로 혼란을 키웠다는 목소리를 높이는 가운데 재발 방지를 위한 형사 사법 시스템의 점검이 필요하다는 지적도 제기되고 있다. ☞관련 기사 보기: '범인이 될 뻔한 아버지'(XX일보 20XX년 10월 15일 7면)

◆진술에만 의존한 판단 – 지난 20XX년 7월, 당시 여섯 살이던 혜진 양은 부모님과 오빠인 최 군과 함께 동해로 여름휴가를 갔다가 실종되었다. 네 살 터울의 최 군과 단둘이 호텔 로비에서 놀던 혜진 양은 최 군이 잠시 한눈을 판 사이 사라졌다. 같은 호텔 11층 라운지에서 따로 시간을 보내던

부모는 잠시 후 혜진 양의 실종을 알아차리고 경찰에 신고한다.

로비 CCTV 확인 결과 혜진 양은 저녁 일곱 시경 혼자 로비를 돌아다니다 사각지대로 사라졌다. 저녁 식사 시간대라 로비에는 리셉션 직원 한 명, 체크인을 기다리는 숙박객 세 명이 전부였다.

경찰은 호텔 직원들과 숙박객들을 중심으로 목격자를 찾아 나섰다. 이 과정에서 사건 발생 시각 11층에 있었다 진술한 아버지 최 씨를 호텔 앞에서 목격했다는 증언이 나온다. 증언을 한 것은 숙박객 A 씨로, 흡연 구역을 찾던 중 대형 여행 가방을 끌고 나오는 최 씨를 마주쳤다고 한다. A 씨는 라이터를 빌리기 위해 말을 걸었으나 대답도 없이 바삐 사라지는 최 씨의 모습에 의아함을 느꼈다고도 덧붙였다.

경찰은 A 씨의 진술을 토대로 최 씨를 그 자리에서 임의동행했다. 최 씨는 결백을 주장했으나 11층 화장실 입구가 보이는 CCTV와 호텔 입구 CCTV에 각각 사각지대가 있어 알리바이가 성립되지 않았다. 공교롭게도 최 씨가 11층에 있을 때 10분 정도 화장실에 다녀왔다는 아내 김 씨의 진술 또한 A 씨의 증언에 힘을 보태 주었다.

◆총체적 부실 수사 - 경찰은 최 씨가 혜진 양을 유기한 것으로 보고 최 씨의 자백을 추궁했다. 최 씨는 목격자 진술에 대한 의혹을 제기하며 사건 당시 호텔 입구를 오간 차량의 블랙박스 확인을 요청했지만 받아들여지지 않았다. 최 씨가 조사받은 3일 동안 탐문 수사와 실종자 수색 작업 또한 제대로 이루어지지 않았다.

최 씨의 아내 김 씨는 최 씨의 무죄 입증을 위해 당일 방문한 차량의 차주에게 일일이 직접 연락해 블랙박스 영상을 확보했다. 그중 한 영상을 통해 목격자 A 씨가 마주친 사람이 최 씨가 아님이 확인되었다. 키와 옷차림이 비슷한 다른 사람이었던 것이다. 경찰은 그제야 탐문 수사를 재개하고 본격적인 실종자 수색에 나섰다. 그러나 사건 발생 후 3일이 지난 후여서 골든 타임을 놓친 경찰은 비난을 피하기 어려웠다.

강원 경찰은 본지와의 통화를 통해 '휴가 기간이라 수사에 투입된 인원이 충분하지 않았고, 당시 목격자 A 씨의 진술이 신빙성 있어 외면하기 힘들었다. 상처를 드려 죄송하다'고 뒤늦게 입장을 표명했다.

최 씨는 "수사기관의 잘못된 판단으로 우리 가족은 절망적인 상황에 처하게 된 것도 모자라 씻을 수 없는 상처와 불명예를 가지게 됐다. 경찰은 실종된 아동의 가족을 보호하지는 못할망정 억울한 취조를 당하게 한 것에 제대로 된 사과조차 없었다"라고 말했다. 한편 최 씨는 국가를 상대로 부실 수사에 대한 소송을 진행 중이다. 혜진 양의 실종은 1년이 훌쩍 넘은 현재까지 미제 사건으로 남아 있다.

김여름 기자 summer_gone@ilkan.co.kr

‹ 7월 19일 ›

가끔, 혹은 자주 숫자 7과 19에 대해 생각한다.

7월 19일, 그날 우리는 다 함께였다. 정확히 말하자면 모두 함께였던 마지막 날짜이다. 아버지, 엄마, 나, 그리고 혜진이.

혜진이는 정말이지 엄청난 아이였다. 아주 최소한의 행동만으로도, 예컨대 윙크를 한 번 한다든가, 작은 손으로 가위바위보를 한다든가, 지나가는 개미를 보고 웃음을 터뜨리는 것만으로도 같은 공간에 있는 사람들을 모두 웃게 만들 수 있었다.

그 애는 매일 다른 존재인 것처럼 행동했는데 어떤 날은 '주주'였고 어떤 날은 '기사님'이었고 어떤 날은 '매미의 왕'이었다. 아침에 눈뜨자마자 오늘 자신을 뭐라고 부르면 될지 모두에게 알렸다. 평범하고 무난한 이름을 가지고 평범하고 무난하게 살기를 바라던 부모님은 혜진이가 자기 이름을 맘에 들어하지 않는다는 걸 알았지만 모른 척 다양한 호칭들로 혜진이를 불렀다. '엘리자베스'나 '세라' 같은 공주 이름을 불러야 하는 날이면 지나가는 사람들이 우리 가족을 홀긋거리기도 했다. 그래도 우리는 혜진이를 거역하지 않았고 더 큰 목소리로 특이한 이름들을 당당하게 부르곤 했다.

그 애는 엄마를 가장 좋아했다. 엄마가 하는 것은 무엇이든 따라 하고 싶어 했다. 엄마가 아침마다 마시던 커피를 매번 빼앗아 먹고 웩 하는 표정을 지어 보이는 게 하루의 시작이었다. 어떤 농담은 꾸준함과 반복을 통해 이뤄진다는 걸 이해하는 아이였다. 매일매일 그 장난을 치곤 오늘의 이름을 발표했다. 날마다 다른 상상 속 존재처럼 행동하는 건 혜진이가 가장 좋아한 캐릭터인 스누피의 특성이기도 했는데 이것 역시 엄마의 영향이 컸다. 엄마는 '피너츠'를 좋아해서 책과 물건들을 사 모았고 우리가 아주 어릴 때부터 그 만화책을 읽어 주고 찰리 브라운이 그려진 도시락에 김밥을 싸 줬으며 우리를 스누피 가든에 데려갔다.

동화 작가였던 엄마는 스누피를 주인공으로 한 수많은 이야기를 지어내 자기 전 들려줬다. 이야기는 항상 '어둡고 폭풍우 치는 밤이었어.'로 시작했다. '피너츠'에서 소설가 스누피가 쓰는 모든 소설의 첫 문장이었다. 이야기는 늘 산으로 갔고 허무하거나 어이없거나 황당하게 전개됐다. 천신만고 끝에 보물을 찾았는데 스누피의 앞발에 털이 너무 많아서 미끄러워 뚜껑을 열지 못하고 돌아오는 그런 식이었다. 모든 모험을 마치면 스누피는 자기 집

지붕 위에 누워 이불을 덮는다. 그리고 비를 맞으면서도, '내일은 해가 뜰 거야.'라고 말하며 평화롭게 잠이 든다. 긴장감 넘치는, 무슨 일이라도 일어날 것 같은 시작과 극적으로 대비되는 결말이었다. 그게 반복되자 나중에는 엄마가 '어둡고 폭풍우 치는 밤이었어.'라는 문장만 시작해도 우린 낄낄 웃기 시작했다. 그리고 어떤 얼토당토않은 일들이 일어나더라도, 심지어 세상이 끝나거나 전 우주가 통째로 사라져도 스누피가 반드시 자기의 자리로 돌아올 것임을 알았기에 안도하며 이야기를 들었다.

혜진이가 사라지고 자꾸 떠오르는 건 다 이런 것들이었다. 잠들기 전 엄마가 해 준 이야기들, 우리의 웃음소리, 혜진이의 뺨에 묻었던 밥풀, 양치 후 웃음에서 나던 민트 치약 향, 그 애가 자주 입었던 무지개색 니트 옷소매의 보풀, 오후가 되면 느슨하게 풀리던 방울 머리끈…… 소소한 것들, 작고 하찮은 것들, 그때는 그냥 무심히 지나쳤던 것들. 하지만 시간이 지나서 보니 그것이 전부였다. 모든 것이 거기에 고여 있었다. 친밀, 애정, 일상, 기억.

함께 있을 때는 몰랐다. 혜진이에 대한 온갖 감정들은 시간이 지나서야 내게로 찾아왔다. 변명이 될지 모르겠지만 나는 열 살이었다. 그저 어몽어스와 쿠키런에 정신이 팔려 있었다.

"동생 데리고 한 시간만 있을 수 있지?"

엄마가 넌지시 물었을 때, 내 바닷바람 맛 쿠키가 일 등으로 달리고 있었기 때문에 제대로 된 대답을 할 수 없었다. 대충 고개를 끄덕였다.

"방으로 들어가 있는 게 낫지 않아?"

나는 고개를 세차게 저었다. 다 이긴 게임을 중간에 멈출 수 없었다.

"정말 여기 있을 수 있어?"

엄마는 재차 물었다.

"나도 여기가 좋아!"

혜진이가 대답했다.

장마가 끝난 후의 바닷가는 본격적으로 다가오는 피서철을 앞두고 설렘 같은 게 감돌고 있었다. 지은 지 오래지 않은 호텔 로비에서는 열대과일 같은 향이 났고 마주치는 모든 사람들은 부드럽고 친절했다. 우리는 매해 비슷한 날짜에 휴가를 떠났고 어떤 해는 장마가 길어져서, 어떤 해는 혜진이의 감기로, 어떤 해는 아버지와 엄마의 다툼으로 완벽하지 않았던 적이 더 많았다. 하지만 그해의 휴가는 믿을 수 없게 완벽했다. 사람들은 살면서 그런 순간들을 아주 희소하게 맞닥뜨린다. 그날이 그랬다.

엄마의 새 동화책이 나왔고 아버지가 다니던 회사가 상장을 며칠 앞두고 있었다. 평소 감기와 중이염을 번갈아 앓던 나와 혜진이는 새로 태어난 것처럼 최상의 컨디션이었고 심지어 고속도로의 차마저 밀리지 않았다. 마치 픽사 애니메이션의 해피엔딩처럼 완벽한 그런 날이었다. 그날 혜진이는 자신을 '아폴로'라고 불렀다. 달 착륙선의 이름은 스누피, 사령선의 이름은 찰리 브라운이었던 나사 우주선 아폴로 10호에서 따온 이름이었다.

체크인하자마자 하늘과 바다가 경계 없이 푸르른 통창을 보고 엄마는 기쁨의 비명을 질렀다. 혜진이와 나는 커다란 침대 위에서 천장에 머리가 닿을 만큼 방방 뛰었다. 혜진이가 늘 안고 다니던 스누피 인형마저 정말로 춤을 추는 것처럼 보였다. 호텔 근처의 식당에서는 대게찜을 시켜 먹었다. 우리 넷 모두 손가락에 빈게 다리를 하나씩 끼우고 사진을 찍었다. 너무 웃겨서 혜진이와 나는 밥풀을 튀겨 가며 웃었다. 물이 차서 수영은 못 했지만 해변에서 모래놀이를 실컷 했다. 수영을 막 배우기 시작한 혜진이가 물에 못 들어가 서운해하자 아버지가 아주 커다란 모래성을 지어 주었다. 그 순간들을 생생하게 기억할 수 있다. 바다 냄새, 귓가를 스치던 바람, 발에 닿은 모래의 촉감, 입에 물고 있던 사탕의 딸기 맛, 엄마의 머리 위로 낮게 내려왔던 태양의 색깔까지.

아버지가 모래놀이 세트를 차에 두고 오는 동안 엄마와 나, 혜진이는 호텔 로비에서 기다렸다. 하루 한 시간의 게임만 허락됐던 나는 의자에 앉자마자 그날의 쿠키런을 시작했다. 엄마와 혜진이는 속닥거리며 로비 여기저기를 돌아다녔다. 그러다 엄마는 '6시-8시 해피아워, 칵테일과 와인 무제한' 포스터를 발견했을 것이다. 엄마는 호텔로 들어서는 아버지에게 포스터 이야기를 했을 것이고 아버지는 조금 고민하다 그럼 한 시간만 갔다 오자고 대답했을 것이다. 그 무렵 혜진이와 나 둘만 두고 잠깐씩 슈퍼나 병원 같은 곳을 다녀오기도 했으니 한 시간 정도야 괜찮을 거라 생각했을 것이다. 여기서부터 모든 게 추측인 이유는, 당시 게임에 빠져 주변이 어떻게 돌아가는지 전혀 의식에 없었기 때문이다. 눈을 뜨고 있었지만 보지 못했고, 귀가 열려 있었지만 듣지 못했다. 아버지와 엄마가 엘리베이터를 타고 사라지고 혜진이가 엄마 폰으로 유튜브를 보다 지루해져 나를 툭툭 건드렸을 때도 나는 여전히 쿠키런 트랙을 달리고 있었다.

어느 순간 고개를 들었고 혜진이가 없었다. 얼마나 시간이 흘렀는지 알 수 없었다. 화장실에 갔을 거라고 생각했다. 쿠키런에서 새로운 경기가 시작됐다. 화면을 보며 손을 움직였지만 몰입할 수 없었다. 폰을 주머니에 넣고 화장실로 갔다. 여자 화장실에 들어갈 수 없어 문 앞에서 혜진이를 불렀다. '아폴로'라고 부르다 혜진이라 불렀고 아무리 불러도 나오지 않아 안으로 들어갔다. 잔잔한 클래식 음악이 나오고 있었고 네 칸인 화장실은 모두 문이 열려 있었다. 그때부터 심장이 귀밑에서 쿵쿵 소리를 내며 뛰기 시작했다. 나도 모르게 발걸음이 빨라졌다. 로비를 돌아다니며 혜진이를 찾았다. 로비는 한산했고 그다지 넓지 않았다. 걸음은 점점 더 빨라졌고 목소리가 나오지 않았다. 잠시 후 누군가 다가와 물었다.

"엄마를 잃어버렸나요?"

"동생이…… 동생이 없어졌어요."

말을 내뱉는 순간 눈물이 쏟아져 세상이 뿌옇게 변했다. 허리를 굽힌 직원의 등 뒤 스크린 속 글자들 사이 숫자 두 개만이 이상할 정도로 선명하게 눈에 들어왔다.

7월 19일.

‹ 무 서 운 건 어 둠 이 아 니 다 ›

하교가 늦었다. 집에 돌아오니 엄마가 방 가운데 앉아 노래를
부르며 박수를 치고 있었다.

"뭐 하는 거야?"

"혜진이가 노래를 너무 잘해."

엄마의 눈은 나를 넘어 무언가를 보고 있다.

"엄마."

"미역국을 끓여야겠다. 혜진이 생일인데."

그랬다. 그래서 바로 오지 않고 한참이나 운동장에 앉아 있다
들어왔건만.

벌떡 일어나는 엄마를 잡았으나 힘이 장사다. 부엌으로 간 엄
마는 냉장고를 열어젖혔다. 기어코 찬장에서 미역은 찾아냈으나
칼이며 가위며 하나도 없었다. 다 숨겨 둔 지 꽤 되었다.

"아니, 물건을 썼으면 제자리에 둬야지."

엄마는 포기하지 않고 큰 냄비에 미역을 통째로 넣고 물을 가

득 부었다. 가스 불을 켰지만 가스도 당연히 잠겨 있다.

"멀쩡한 게 하나도 없네. 부탄가스 한 개만 사 올래?"

엄마가 비로소 나를 쳐다본다. 비정상적으로 확장된 동공은 텅 비어 있다.

"사 올게. 잠깐만 방에 들어가 있어."

"뭘 들어가 있어. 금방 오잖아. 내가 사 올까?"

"아니야, 내가 다녀올게."

지갑과 겉옷을 찾는 척하며 시간을 끌었다. 엄마는 냄비를 다시 싱크대로 가져가 물을 틀었다. 이미 가득 찬 냄비에서 물과 미역이 넘치기 시작했다.

"엄마! 물!"

"미역국에 물이 넉넉해야 돼. 오래 끓여야 되거든."

"넘치잖아."

엄마는 듣고 있지 않았다. 찬장과 냉장고를 여닫으며 다른 무언가를 찾기에 여념이 없다. 세게 틀어 놓은 물은 빠른 속도로 싱크대에 차오르기 시작했다. 물을 잠그려고 손을 뻗었는데 엄마가 손을 세게 쳤다. 억 소리가 날 정도의 세기였다. 돌아보는 엄마가 낯설었다. 다른 사람 같다. 자포자기의 심정으로 차오르는 물을 바라봤다.

물은 싱크대를 가득 채우고 폭포수처럼 바닥으로 떨어졌다. 우리 집 수압이 이렇게 셌나. 이윽고 바닥까지 물바다가 되었다. 양말과 바지 밑단이 젖었다. 엄마는 아무 일도 없는 것처럼 태연하기만 하다. 넘친 미역이 물길을 따라 점점 내게 다가왔다. 숨쉬기가 어려워졌다. 호흡이 가빠 왔다.

정신을 차려 보니 코밑까지 물이 차 있다. 집 안의 가구들이 물에 잠겼고 슬리퍼며 옷가지들이 둥둥 떠다닌다. 비릿한 바다 냄새가 가득하다. 다리에도 몸통에도 미역이 물뱀처럼 감겨 있다. 축축하고 차가운 촉감에 몸서리가 쳐졌다. 잠시 후 물은 머리까지 차올랐고 집은 거대한 수조가 되었다. 엄마는 여전히 무언가를 찾고 있다. 물속에서 슬로모션으로 서랍들을 하나하나 열어 보고 있다. 검고 긴 머리카락이 물속에 풀어져 엄마가 거대한 미역 덩어리처럼 보이기도 한다.

모든 소리가 사라지자 고요하다. 더 이상 물은 차갑지 않다. 나는 아가미가 있는 것처럼 숨을 쉬었다. 힘을 빼니 몸이 떠올랐고 나는 매끄러운 미역 사이를 천천히 유영했다. 손가락 사이로 작은 물고기들이 지나갔다. 저 멀리 헤엄치는 바다거북도 보였다. 너무나 평화로워 영화라면 이대로가 좋은 엔딩이라고 생각했다.

띡띡띡띡. 비번을 누르는 소리가 나고 문이 벌컥 열렸다. 열린 문틈으로 물은 순식간에 빠져나갔다. 그리고 거짓말처럼 집 안은 처음 상태로 돌아갔다. 그 많던 물, 물고기 떼 하나도 남김없이. 냄비에 가득한 미역만이 희미하게 바다 냄새를 풍기고 있었다. 엄마는 문 열리는 소리가 들리는 순간 동상처럼 굳었다. 아무것도 담기지 않은 얼굴로 싱크대 앞에 서 있다. 뭘 하려고 했는지 전부 까먹어 버린 사람처럼.

"왜 그러고들 있어?"

아버지가 물었다.

"……나갔다 올게요."

이미 늦은 시간이었다. 골목 구석구석 먹처럼 새까만 어둠이 고여 있다. 누런 가로등 아래 나의 그림자가 더욱 거대하게 느껴진다. 휴대폰을 몇 번 훑다가 연락할 사람이 단 한 명도 없다는 걸 깨닫고 주머니에 넣었다. 골목을 빠져나와 큰길로 걸었다. 어둠이 무서운 건 아니다. 어둠보다 무서운 건 생각, 생각들이다. 많은 생각은 해롭다. 소용돌이처럼 단 하나의 지점만을 향해 가기 때문이다. 걸음은 자연스럽게 센터로 향했다. 선택의 여지가 별로 없는 데다, 그곳에는 24시간 운영되는 자습실이 있다.

센터는 열려 있었다. 다만 아이들은 아무도 없다. 이 시간까지 센터에 남아 공부하는 중학생은 이 동네에 별로 없는 모양이다. 어두운 자습실로 들어가 아무 자리에나 털썩 앉아 책상에 엎드렸다. 집에서 전화가 오기에 전원을 꺼 버렸다. 지금은 집에 들어

가고 싶지 않다. 차라리 모든 게 다 물에 잠겨 버렸으면. 문을 열어 버린 아버지가 원망스럽다.

잠이 들었던 것 같다. 목이 말라 깼다. 자습실의 불은 꺼져 있지만 새어 들어오는 달빛으로 어슴푸레하다. 밤인지 새벽인지 가늠이 안 된다. 무거운 몸을 일으켜 휴게실로 나갔다. 정수기의 물을 받고 있는데 인기척이 들렸다. 문을 열고 들어온 선생님은 귀신이라도 본 것처럼 놀랐다.

"아이고, 깜짝이야. 이 시간에 웬일이야?"

대답할 말이 마땅치 않아 잠자코 물을 마셨다. 선생님은 자기의 심장이 바닥으로 떨어지기라도 할 것처럼 가슴팍을 부여잡고 나를 살폈다.

"최현수?"

고개를 끄덕였다. 선생님은 가지고 들어온 커다란 머그에 뜨거운 물을 가득 담았다. 40대, 마른 몸, 팔꿈치가 닳은 재킷, 물이 빠진 바지, 낡은 운동화, 새치가 드문드문 보이는 숱 없는 머리. 어디선가 마주쳐도 고개를 돌리면 3초 만에 까먹어 버릴 인상이다. 무존재감. 내가 늘 지향하는 특징인데 막상 마주하니 씁쓸하다. 30년 후 내 모습이 저럴까. 잠든 사이 타임리프라도 해서 미래의 나를 만나게 된 건가. 머리가 몽롱하니 그런 생각까지 들었다.

하지만 그는 몇 주 전 내게 중고 교복을 건네준 선생님이 맞다. 어정쩡하게 서 있는데 선생님이 테이블 옆 의자를 끌어당겨 앉았다. 오늘 정말, 일진이 안 좋다. 이 시간에 잘 모르는 누군가의 대화 상대라니. 하지만 집에 가고 싶지 않은 마음엔 변함이 없다. 할 수 없이 맞은편 의자에 엉덩이를 걸쳤다.

"센터에 있으면서 이 시간에 누가 온 건 처음이야. 혹시 무슨 일 있니?"

"엄마가 걸쇠를 건 채로 잠드셔서 집에 못 들어가서요. 아침에 가면 돼요."

자연스럽게 거짓말이 나왔다. 적당히 어떤 말이라도 해 두어야 안심할 거다. 그게 이 사람의 일이고 직업이니까. '말 없는 가출 청소년'처럼 골치 아픈 게 또 있을까. 필요 이상의 걱정을 하도록 두어선 안 된다.

"저녁은 먹었니?"

나는 억지로 사회적 미소까지 띠고 그렇다고 대답했다.

"넌 인상이 참 좋구나. 그렇게 웃으니까 더 인상이 좋다."

무슨 개소리지. 어이없는 말에 물을 뿜을 뻔했지만 심리 상담사들이 상대의 긴장을 풀고 신뢰를 쌓기 위해 칭찬을 한다는 걸 어디선가 들은 적 있다. 적당히 두세 마디 더 하고 자습실로 가야겠다. 타이밍을 잡아야 한다.

"너 '서프라이즈'라는 티브이 프로 아니?"

예상치 못한 질문에 나도 모르게 고개를 끄덕였다. 초등학교 때 가끔씩 보던 프로다. 유치한 CG와 황당무계한 스토리가 특징이지만 현실감이 1도 없다는 점만은 마음에 들었던 기억이 난다.

"저번 주에 봤어?"

고개를 가로저었다. 요새 애들이 티브이 안 보고 유튜브 보는 거 모르나 보다.

"1994년에 세쌍둥이로 태어난 빅토리아 알렌이라는 여자애가 있었어. 수영을 특히 좋아했는데 지역 대회에서 우승할 정도로 잘했지. 그런데 열한 살에 자가면역질환으로 뇌 손상을 입게 돼. 한마디로 식물인간이 된 거야."

뭐지? 밑도 끝도 없이 서프라이즈 줄거리를 내게 이야기하는 이유가? 잠이 덜 깬 머리로 눈만 끔뻑끔뻑하며 상황 파악을 하기 위해 애썼다. 그러거나 말거나 선생님은 말을 이어 갔다.

"가족들은 희망을 버리지 않고 빅토리아에게 계속 말을 걸면서 깨어나길 기다려. 그렇게 4년이 지나고 2010년, 기적적으로 빅토리아의 의식이 돌아와. 놀라운 건 빅토리아가 그동안 가족들이 했던 말을 알고 있었다는 거야. 반응할 수는 없었지만 전부 듣고 있었다는 거지. 의식은 돌아왔어도 빅토리아는 휠체어를 타야 했어. 척추 신경이 손상돼 하반신이 마비되었거든. 빅토리아는 점점 활달한 모습을 잃고 절망에 빠지게 돼."

여기서 선생님은 말을 멈추고 내 표정을 살폈다. 나는 빅토리아가 어떻게 됐는지 아주 조금 궁금해지던 참이었다.

"어떻게 되었게?"

"빅토리아가 연기한 거예요? 사실 식물인간인 적도 없고 걸을 수도 있는데?"

서프라이즈의 특징상 일어날 법한 반전을 추측해 봤다.

"오, 그것도 흥미로운데, 아니야."

왠지 의기양양한 표정으로 선생님은 말을 이었다.

"빅토리아가 원래 수영 선수였다고 했잖아. 빅토리아의 쌍둥이 오빠들은 빅토리아의 몸이 수영을 기억하고 있지 않을까 하는 생각으로 동생을 수영장 물속에 빠뜨리지. 그런데 물속에서 다리가 움직이는 거야. 전처럼 걸을 수는 없었지만 물속에서 자유롭게 수영을 할 수 있게 돼. 그리고 2012년 패럴림픽에 미국 국가대표로 출전해서 금메달을 따. 은메달까지 합쳐 무려 메달 네 개를 따지."

"대단하네요."

말은 그렇게 했지만 별다른 감흥이 느껴지진 않았다. 장애를 딛고 성공한 이야기, 하도 들어 특별한 것도 아니니까. 그런데 선생님의 표정은 점점 더 감격으로 차올랐다. '아멘'이라고 해야 할 것 같았다.

"그게 다가 아니야. 빅토리아는 거기서 멈추지 않고 휠체어 없이 걷기에 도전해. 하루 여섯 시간씩 3년이 넘는 재활치료를 견뎌 내고 기적적으로 다시 걸을 수 있게 되지. 식물인간 상태가 된 지 10년 만의 일이야. 굉장하지 않니?"

"굉장하네요."

감정이 벅차오르는 듯 선생님은 잠시 말을 멈추고 먼 곳을 바라봤다. 눈가가 빨갛게 되어 있었다. 이상하다, 이 아저씨.

"윌마 루돌프는 아니?"

"아니요."

"윌마 루돌프는 미국 테네시주의 가난한 집에서 미숙아로 태어났어. 네 살이 되던 해 폐렴과 성홍열을 앓고 소아마비 진단을 받게 되지……."

윌마 루돌프는 소아마비를 극복하고 국가대표 육상 선수가 되어 11초 2라는 신기록을 세우며 금메달을 딴다. 윌마의 이야기를 끝내고 선생님은 영국 버킹엄셔에 살던 엘렌 새들러 이야기로 넘어갔다. 걸어 다니는 서프라이즈 사전 같다. 솔직히 말하자면 조금 미친 것 같다.

"그럼 혹시 헤렌 산토스라는 마술사에 대해서도 아세요?"

엘렌 새들러 이야기를 끊으며 내가 물었다.

"당연히 알지. 서프라이즈에 나왔었어."

"……그 사람은 어디로 갔을까요?"

"그건 중요하지 않아."

"그럼 뭐가 중요해요?"

"헤렌 산토스가 그 문을 발견했다는 게 중요하지. 일종의 절제된 블랙홀 같은 거잖아. 서프라이즈에서는 그가 출구인 화이트홀을 찾지 못해 갇혀 있는 걸지도 모른다고 했어."

정적이 흘렀다. 갇혀 있는 걸지도 모른다는 말은 조금 충격이었다. 절제된 블랙홀? 블랙홀이 절제되었다는 게 대체 말이 되나? 하지만 그 마술사는 선생님의 흥미를 크게 끄는 것 같지 않았다. 눈을 몇 번 깜빡이며 생각에 잠겼던 선생님은 화제를 돌렸다.

아동청소년 센터에 나타난 셰에라자드도 아니고 밤새 이야기할 태세다. 선생님이 머리가 잘린 채 18개월을 산, 콜로라도의 마이크라는 수탉 이야기를 하기 시작할 무렵 토할 것 같았다. 나는 잠시 손을 들어 선생님의 말을 멈추고 화장실로 달려갔다. 먹은 것이 없어 노란 위액만 나왔다. 입이 쓰고 어지럽고 무엇보다 속이 아주 안 좋아졌다. 식은땀으로 등이 축축하고 몸은 떨려 왔다.

"괜찮니?"

휴게실로 돌아오자 선생님이 물었다. 안 괜찮은 거 안 보이냐고 쏘아붙이고 싶었지만 그럴 기력조차 없었다. 하지만 그놈의 서프라이즈 이야기를 더 한다면 비명을 지를 것 같았다. 새벽 세 시가 다 되어 간다.

선생님은 내 이마를 짚어 보고 따뜻한 물을 한 잔 따라 왔다. 소화제 같은 게 필요하냐고 묻길래 고개를 저었다. 내가 계속 몸을 떨자 선생님은 3층 사무실 내의 당직실로 나를 데려갔다.

"원래는 학생 출입이 안 되는데⋯⋯."

선생님은 전기장판을 틀고 이불을 깔아 줬다. 기절한 것처럼 잠들었다. 꿈에서 산소호흡기를 한 빅토리아와 수영을 하고 머리 잘린 닭과 서커스에 나가고 윌마와 달리기 시합을 했다. 길고 긴 꿈이었다. 끝나지 않는 선생님의 이야기처럼.

눈을 떴을 때 거짓말처럼 선생님의 얼굴이 거꾸로 떠 있었다. 놀라 아악 하고 소리를 질렀다. 머리맡에서 나를 지켜보던 선생님이 몸을 일으키는 나를 도와줬다. 놀랍게도 다음 날 오후라고 한다. 거의 열두 시간을 잔 거다.

"학교에는 내가 전화했고 아버지하고도 연락했다. 많이 피곤했나?"

지구에 처음 떨어진 우주인이 된 기분으로 몸을 하나하나 움직여 봤다. 다행히 열도 내렸고 구토감도 사라졌다.

"하도 죽은 듯이 자서, 눈앞에서 클라인레빈증후군을 목격하는 줄 알았잖아."

"……레빈증후군이요?"

"어제 얘기했잖아. 하다 말았나? 1859년 버킹엄셔에서 태어난 엘렌 새들러. 클라인레빈증후군에 걸린 케이스인데……."

날이 밝았는데도 셰에라자드의 이야기는 끝나지 않았다. 진절머리를 치며 자리에서 일어났다.

"집으로 갈 거니?"

말없이 고개를 끄덕이고 언제 가져온지 모르겠지만 옆에 놓인 가방을 주워 들었다. 선생님의 표정이 금세 시무룩해졌다.

"언제든 와라."

꾸벅 인사를 하고 센터를 나섰다. 잠든 사이 계절이 바뀐 듯해가 뜨겁다. 어지러워 넘어지지 않도록 조심하며 걸었다. 집에 도착해 현관문을 열었는데 아무도 없다. 엄마가 병원에 가는 날인가 보다. 나는 깊이 안도하며 식빵 두어 개에 딸기 잼을 잽싸게 발라 먹고 방에 누웠다. 그렇게 잤는데 또 잠이 왔다.

아까는 짜증 났지만 클라인레빈증후군에 걸렸다는 엘렌은 어떻게 되었는지 궁금해졌다. 오래오래 잠을 자는 병이라고 했다. 부럽다. 나도 오래오래 잠만 잤으면 좋겠다. 10년 정도? 아, 그러

면 일어나자마자 군대에 가야 한다. 그럼 20년 정도. 서른다섯
살인가. 삼십 대의 나라니. 키도 커지고 수염도 나고 몸통도 커지
려나. 이렇게 안 먹고도 자랄 수는 있나. 몸은 안 자라고 나이만
들지 않을까. 작은 체구에 머리카락과 손톱만 긴 기괴한 노인처
럼? 삼십 대에 노인은 심한가. 하지만 나의 어른 모습을 생각하
면 그런 모습밖에 떠오르지 않는다.

내가 어른이 된다는 건 내가 나무가 된다거나 개구리가 된다
거나 하는 것처럼, 종의 변화처럼 여겨진다. 과연 모든 청소년종
은 어른종으로 전환이 가능한 건가. 믿기지 않는다.

그때 휴대폰이 울렸다. 아버지였다.

"아프다더니, 괜찮은 거냐?"

"네, 몸살이 좀 있어서 그냥 센터에서 잠들었어요. 지금 집이
에요."

"학교 자꾸 빠지고 그러면 좋지 않아."

"안 그럴게요."

"현수야."

"네?"

수화기 너머에서 긴 침묵이 흘렀다.

"엄마가 입원했다."

수화기에서 흘러나온 침묵이 방 안을 가득 채웠다.

"검사를 좀 해야 해서…… 그렇게 됐다. 나중에 자세히 말해 줄게."

가까스로 알겠다고 대답하고 전화를 끊었다.

한참을 누워 있었다. 창밖으로 다시 해가 지려고 한다. 하루가 실종된 느낌이 든다.

다시 밤이 온다.

다시 말하지만 무서운 건 어둠이 아니다.

‹ 미스터 서프라이즈 ›

집에 있는 대부분의 시간을 혼자 보내게 됐다. 엄마의 입원과 동시에 아버지는 대리운전을 시작했다. 내가 학교에 간 사이 오전에 잠깐 와서 주무시고 일을 나가신다. 일주일에 한 번도 마주치기 힘들다. 센터에서 저녁을 먹고 머무는 시간이 점점 길어졌다. 센터는 24시간 열려 있지만 열 시가 넘으면 대부분의 아이들이 집으로 간다.

내게 서프라이즈 이야기를 토할 때까지 한 선생님의 이름은 '서재복'이었다. 다들 서 선생님이라고 부른다. 모르고 들었으면 성이 '서'이고 이름은 '프라이즈'라고 생각할 뻔했다. 늘 밤에 그분이 있다. 어쩌면 집이 없는 건지도 모른다. 낮이건 밤이건 유령처럼 어슬렁거리며 센터를 돌아다닌다. 어쩔 수 없이 자주 마주쳤고 마주칠 때마다 나와 이야기하고 싶어 했다.

아무도 없는 집에 혼자 있기와 선생님에게 잡혀 서프라이즈 이야기 듣기 중 뭐가 나은지 진지하게 고민해 봤다. 둘 다 막상막

하였지만 서프라이즈 쪽이 좀 더 견딜 만했다. 그냥 라디오를 틀어 놨다고 생각하면 되었다. 볼륨 조절과 채널 변경은 안 됐지만 지내다 보니 익숙해졌다.

내내 듣기만 하다 어느 날 문득 궁금해졌다. 선생님은 왜 이렇게 서프라이즈에 집착하는 것일까. 타인에 대한 호기심이 오랜 기간 단 1그램도 없었더랬는데 이것만은 참으로 알고 싶어졌다. 선생님이 서프라이즈 901회 러시아에서 발견된 열두 개의 원반형 UFO 이야기를 눈을 빛내며 하고 있을 때 참지 못하고 물어보았다.

"그런데 서프라이즈를 왜 그렇게 좋아하세요?"

선생님은 무언가에 잡아 뜯긴 것처럼 말을 멈췄다.

"내가 서프라이즈를 좋아해?"

어이가 없었다. 좋아하지도 않는 서프라이즈를 회차, 연도, 등장인물 이름까지 외워 가며 남에게 줄줄 늘어놓는 게 말이 되는가.

"난 서프라이즈를 좋아하는 게 아니야."

"그럼 왜 그렇게 서프라이즈 이야기만 하세요?"

"서프라이즈는 신이 내게 보낸 메시지이기 때문이야."

아…… 제정신이 아니었구나……. 이제 밤에 와 있을 곳이 없어지는 건가.

굳어진 내 표정을 읽었는지 선생님은, 아니 미스터 서프라이즈는 말이 빨라졌다.

"무슨 사이비 종교나 그런 게 아니고, 잘 설명할 수 있을지 모르겠지만 설명을 해 볼게. 이 세상에 의미가 없는 일은 없어. 아주 작은 사건과 보잘것없는 사물에도, 그러니까 삼라만상에는 다 의미가 있는 거야. 예외는 없어. 우리가 못 알아챌 뿐이야."

"프리메이슨이에요? 사이언톨로지?"

"아니, 아니야. 그 의미라는 건 개개인에게 다 달라. 집단화될 수 없어. 모두에게 다 개인적인 고유의 통로가 있어. 자, 이 물이 쏟아졌어."

미스터 서프라이즈는 마시던 물을 바닥에 쏟았다. 너무 호쾌하게 쏟아 사방팔방에 다 튀고 바지도 젖었다.

"그럼 이게 의미하는 게, 너에겐 앞으로 다가올 홍수일 수 있지만 나에겐 지나간 날 다녀온 폭포일 수도 있는 거지. 이해해?"

끄덕이기도 가로젓기도 실패해 머리로 커다랗게 동그라미를 그렸다. 예스지만 노이기도 하고, 예스도 아니고 노가 아니기도 하다. 하고 보니 적합한 리액션이었다.

"이 펜도, 이 지우개도, 밤 열한 시라는 시간도, 너와 마주 앉아 있는 이 공간도 너와 나에게 다 다른 의미야. 다르게 보이고 다르게 기억되고. 너 입체파 알지?"

"입체파요? 피……카소?"

"그렇지. 하나의 사물을 봐도 어디에서 누가 보느냐에 따라, 즉 보는 눈에 따라 그리는 그림이 달라지잖아. 그 눈이 아주 많다고 상상하고 그린 게 입체파고. 한마디로 신의 시선을 가지고 싶어 한 게 입체파야. 천재적인 시도이지만 필패할 수밖에 없겠지. 인간은 신이 될 수 없으니까."

입체파가 왜 나오는지 모르겠다. 이야기를 따라갈 수 없다.

"그러니까 쉽게 말하자면, 그 파편화되고 개인화된 의미들 속에서, 서프라이즈는 신과 나를 연결하는 하나뿐인 전화선 같은 거야. 그 선을 통해 나에게만 메시지가 전달되는 거지."

"무슨 메시지요?"

"그건 설명할 수 없어. 사실 네가 알 필요도 없고."

두 눈을 껌뻑이며 젖은 바닥을 한참 바라봤다. 이제 집에 가 봐야 한다고 일어설지, 그냥 아무 말도 안 들은 것처럼 앉아 있을지 결심이 잘 서지 않는다.

"아무튼 그건 그렇고 지르노브스키의 산에서 열두 개의 원반형 돌덩이가 발견됐다고까지 말했지? UFO 전문가 바딤 체르노브로프는 그 일을 조사하러 가게 돼."

선생님은 다시 평소처럼 서프라이즈 이야기를 이어 갔다. 전화선? 피카소? 개인화된 의미? 사람이 공부를 너무 많이 하면 머리가 회까닥한다는 말을 들은 적이 있다. 어려운 말들을 하는 걸로 보아 선생님은 고학력자인 듯싶다. 저렇게 완벽하게 서프라이즈 매 회를 외우는 일도 머리가 좋아야 가능할 테고. 그런데 어쩌다 이런 지방 소도시의 아동청소년 돌봄센터에서 일하며 서프라이즈에만 집착하게 된 걸까. 자세한 사정은 알 수 없지만 사람이 미치려면 아주 슬프거나 고통스러운 일이 있어야 한다고 들었다. 아버지와 엄마의 슬픔이 고여 있는 장소를 피해 온 곳에는 선생님의 슬픔이 있었다.

그 뒤로도 한참 동안 서프라이즈 이야기를 들었다. 그냥 듣는 일밖에 할 수 없었다.

다음 날, 몸이 생각을 앞서 다시 센터로 향했다. 좀 이상한 선생님이긴 하지만 나쁜 사람은 아니다. 어쨌거나 혼자인 집보다 낫다.

저녁을 먹고 양치를 하려는데 선생님이 복도에서 은밀하게 나를 불렀다.

"잠깐 나랑 당직실에 가자."

나도 모르게 뒷걸음질을 치며 물었다.

"왜요?"

"가 보면 알아."

작은 웃음기 같은 게 입가에 머물러 있다. 선생님의 뒤를 따라 당직실로 들어갔다. 이불 위에 바들바들 떠는 개 한 마리가 웅크려 있었다.

"뭐예요?"

"어젯밤에 누가 센터 앞에 두고 갔어. 여기가 뭐 다 돌봐 주는 덴 줄 아나 봐."

개는 작고 더럽고 냄새났다. 눈에는 눈곱이 가득하고 털은 온통 엉켜 있었다. 선생님이 만져도 짖지도 않고 몸만 더욱 격렬하게 떨었다.

"좀 많이 너러……운 것 같은데요."

"씻기면 돼. 너 키울래?"

미쳤냐는 소리가 목구멍까지 차올랐지만 그렇게 말하진 않았다. 미친 사람에게 그런 말은 실례다. 그냥 고개를 절레절레 저었다.

"어쩌실 거예요?"

"거처가 정해질 때까지 데리고 있어야지. 별수 있나. 이런 걸 임보라고 하는 기야, 임보."

선생님은 급식실에서 가져온 흰쌀밥을 미지근한 물에 불려 개에게 먹였다. 개는 허겁지겁 밥을 먹고 바닥까지 싹싹 핥았다. 개를 이렇게 가까이에서는 처음 봤다. 어릴 적, 혜진이와 개를 키우고 싶다고 매해 생일 무렵마다 함께 졸랐다. 아빠 엄마는 절대 허락하지 않았다. 정말 키우고 싶었는데. 그 마음은 지금 어디로 가 버린 거지.

"뭐라고 부르지?"

"임보라면서 무슨 이름을 지어 줘요."

"그래도 이름이 있어야 부를 것 아냐."

"그냥 개라고 해요."

선생님은 나지막한 목소리로 개야, 개야 하면서 개의 등을 쓰다듬었다. 개의 떨림이 점차 잦아들었고 이어 잠들어 버렸다. 선생님은 잠든 개의 등을 한참 더 쓰다듬다가 이불을 덮어 주었다. 우리는 함께 당직실을 빠져나왔다.

"내일 개 동물병원 갈 건데 같이 갈래?"

"제가요? 왜요?"

"어차피 할 일 없잖아. 토요일이고."

서프라이즈 이야기 좀 들어 줬다고 내가 친구가 된 것도 아닌데 왜 같이 가자고 하는지 모르겠다. 그래도 기분이 나쁘지는 않았다. 하긴 같이 영화를 보러 가자는 것도 아니고 동물병원인데……. 나는 알겠다고 대답했다.

‹ 개 와 개 의 친 구 들 ›

수의사는 한참을 갸웃거리며 개의 가슴에 청진기를 대고 있더
니 초음파를 해 본다고 했다. 선생님과 나는 고양이 혹은 강아지
가 그려진 포스터가 여기저기 붙어 있는 벽에 둘러싸여 어색하
게 앉아 있었다. 모든 게 낡아 빠졌고 수의사마저도 지박령 같은
인상을 주는, 후진 동물병원이었다. 읍내에 있는 유일한 동물병
원이기도 했다. 진료실 책상 위의 달력에는 '영남이 농장 돼지 채
혈' '화동2리 출장' '포유 교육' 등의 일정이 적혀 있었다.

"이놈 이거 오래 못 살겠네."

개를 넘겨주며 수의사는 말했다.

"선천적 심장병이에요. 동맥관개존증이라고, 출생 후 닫혀야 하
는 동맥관이 계속 열려 있는 병이요. 이 혈관이 열려 있으면, 온
몸으로 가야 할 혈액의 일부가 폐동맥 쪽으로 가서 심장에 만성
적인 과부하를 일으키게 돼요. 지금까지 살아 있는 것도 용타."

"치료할 방법이 없나요?"

"생후 5개월 전후에 수술하면 완치가 가능한데 지금은 늦었어요. 그냥 달리기 시키지 말고 흥분시키지 말고……."

선생님은 말없이 개의 등을 쓸었다.

"몇 살쯤 됐어요?"

지켜보던 내가 불쑥 물었다.

"성숙도를 보면 이제 막 한 살 정도?"

"새끼 강아지네요."

"아니, 개 나이로 한 살이어도 사람 나이로 치면 청소년기야."

"그래서 청소년 돌봄센터에 버린 건가……."

선생님은 농담인지 뭔지 알 수 없는 말투로 중얼거렸다.

"그럼 얼마나 살 수 있어요?"

"보통 1년 내로 사망해. 평균은 그런데 정확한 수명은 나도 말할 수 없지. 지금은 멀쩡해 보이는데 확실히 점점 나빠질 거야. 이제 나갑시다들. 내가 출장이 있어서. 운이 좋네. 내가 병원에 있는 시간이 별로 없는데……."

수의사는 왕진 가방 같은 것을 들고 일어섰다. 너무 많은 동물의 죽음을 봐 와서인지 아무런 감흥이 없어 보였다. 유기견임을 알리면 진료비를 깎아 주려나 잠깐 기대했지만 초음파비 오만 오천 원에 일반 진료비 만 천 원까지 야무지게 받았다. 현실은 'TV 동물농장'과 달랐다. 선생님이 제일 싸고 커다란 개 사료도 하나

고르자 수의사가 말했다.

"작은 거 사시죠. 이거 다 먹을 때까지 살아 있을라나."

"작은 건 얼만데요?"

"오천 원 싸요."

그냥 큰 사료를 샀다. 수의사는 백발을 휘날리며 작은 봉고차를 타고 떠났다. 개는 선생님의 품에 안겨 눈만 끔뻑거리고 있었다. 우리는 택시를 타고 돌봄센터로 돌아왔다. 개는 목욕시키고 사료를 주니 잘 먹었다. 말끔해지니 인물이 좀 나아 보였다. 개가 잠들고 나서야 우리는 조용히 당직실 문을 닫고 나왔다.

"임보치고는 출혈이 너무 큰 기 아니에요?"

"데려가는 사람한테 분양비로 돌려받을 거야."

심장이 기형인 개를 누가 데려가냐고 하려다 말았다. 다 아는 사실을 굳이 입 밖에 낼 필요는 없으니까. 선생님은 당근마켓을 뒤져 패드, 목줄, 장난감 같은 것들을 싼값에 구했다. 누가 봐도 선생님은 개에게 푹 빠져 있는 걸로 보였다. 곧 죽을지도 모르는 개한테.

그날 저녁 식사 후 선생님은 비번이라며 나와 개를 편의점으로 데려갔다. 당근마켓에서 산 목줄을 한 개는 꽤나 번듯하게 주인이 있는 개처럼 보였다. 과자와 버터구이 오징어, 맥주와 콜라를 사 들고 편의점 앞 간이 테이블에 앉았다.

"어쩌시려고 그래요?"

맥주를 벌컥벌컥 들이켜던 선생님이 영문을 모르겠다는 눈을 하고 쳐다봤다.

"개가 오래 못 산다는데…… 그렇게 정을 주면 어떡해요."

"사람은 뭐 영원히 사나? 나도 지나가는 차에 치여 내일 죽을 수도 있어, 인마."

"그런 얘기가 아니잖아요."

선생님은 대답 없이 무릎에 앉은 개에게 오징어를 씹어서 먹였다. 이건 뭐 이유식 먹이는 엄마도 아니고.

"안아 볼래?"

"아니요."

"따뜻한데……."

"저 지금 더워요."

미스터 동물농장이 된 전前 미스터 서프라이즈는 개를 소중히 끌어안은 채 오징어를 나 한 입 너 한 입 하며 먹었고 그 사이사이 맥주를 맛나게 마셨다. 그걸 보는 기분은 이상했다. 누군가 어떤 존재에 푹 빠진 걸 보는 건 위태롭고 아슬아슬하다.

"개는 오징어 먹으면 안 되지 않아요?"

"어차피 짧게 살다 간다는데 오징어라도 먹어야 안 억울하지."

"내일이 없는 개니까?"

나는 손가락으로 로큰롤 제스처를 해 보였다.

"우리 딸도 개를 정말 좋아하는데……."

갑자기 선생님이 딸 얘기를 꺼냈다. 서프라이즈 이야기 말고 개인적 얘기를 한 적은 한 번도 없다. 나는 듣고 싶지 않았다. 궁금하지도 않았다. 하지만 개를 안고 있으면, 그리고 맥주를 마시면 사람은 평소보다 말랑말랑해져서 가둬 둔 말들이 튀어나오는가 보다.

"우리 딸은 병원에 있어."

이렇게까지 말하니 안 물어볼 수 없다.

"어디가 아픈가요?"

"빅토리아 알렌 기억나지?"

"네?"

또 서프라이즈 이야기로 연결되는 것인가.

"빅토리아 알렌처럼, 우리 딸도 침대에 누워 지낸 지 5년이 되어 가."

"아……. 다리가 아파요?"

"베지터블이야, 베지터블."

무슨 소린가 해서 멈칫했는데 식물인간이라는 단어가 문득 매치됐다.

이제야 알겠다. 서프라이즈 이야기를 처음 들은 날 왜 그렇게 속이 안 좋았는지. 내 위장은 누군가의 슬픔에 감응하곤 한다. 지극한 슬픔을 지닌 사람과 함께 있으면 위가 아파 오면서 구토감이 치밀어 오를 때가 있다. 미친 천재가 아니고 그냥 슬픈 아저씨였다. 아버지와 엄마를 만나지 못하니 이제 이 사람이 내 주변의 슬픔을 채워 준다. 나를 둘러싼 슬픔 질량보존의 법칙이라도 있는 건가. 가슴이 답답하다.

선생님이 말한 병원은 엄마가 입원한 병원과 같다. 읍내 유일한 종합병원이다. 엄마를 만나려면 엄마가 안정을 찾을 때까지 조금 더 기다려야 한다고 했다. 엄마는 잘 있을까. 애써 닫아 둔 뭔가가 열리는 기분이다. 좋지 않다.

"그렇게 걱정하진 않아도 돼. 언젠가 눈을 뜰 거야. 나는 그걸 믿어."

어두워지는 내 표정을 보고 선생님이 말했다. 내가 왜 한 번도 보지 못한 선생님의 딸을 걱정한다고 생각하는 거지. 남의 선의를 너무 믿는 사람들은 바보 같다. 엄마처럼.

"병원에는 자주 가요?"

아버지는 매일 가는 것 같았다.

"거의 매일 가지."

"거기 의사, 간호사는 친절해요?"

간호사들은 엄마에게 짜증 내지 않고 잘해 줄까.

"나쁘지 않아."

남몰래 안도하다 갑자기 주머니 속 휴대폰에 저장된 엄마 번호를 떠올렸다. 그러고 보니 엄마가 폰을 해지하지 않고 가지고 있던가. 그 익숙한 열한 개의 번호가 내 폰에 찍힌 지 오래됐다. 엄마는 연결음이 한 번 채 울리기도 전에 "응, 현수야." 하고 전화를 받곤 했다. 제보 전화를 늘 기다리고 있었으니까 당연한 일이었지만 내겐 수화기 너머 엄마가 나를 위해 대기하고 있는 것처럼 느껴졌다.

엄마 목소리가 듣고 싶다. 난폭할 정도로 강한 충동이었다. 나는 화장실에 간다고 하고 골목으로 가 엄마에게 전화를 걸었다. 통화 연결음이 조금 이어지다가 음성사서함으로 연결되었다. 또 걸었다. 마찬가지였다. 그래도 또 걸었다. 걸고 또 걸었다.

정신 차리고 보니 나는 어금니를 악물고 미친 듯이 엄마 번호를 수십 차례 누르고 있었다. 휴대폰이 물에 빠뜨린 것처럼 축축했다. 연결이 되지 않아 삐 소리 후……. 엄마는 나와 연결되어 있지 않다. 엄마는 어디에 있을까. 엄마는 돌아올 수 있을까. 내 삶에서 이제 엄마도 사라지는 것일까.

숨이 잘 쉬어지지 않았다. 손에서 미끄러진 휴대폰을 주우려다 주저앉았다. 다리 사이에 머리를 처박은 채 움직일 수 없었다. 공기가 희박해져 갔다. 콧물과 침이 뒤범벅되어 비닐 가면처럼 얼굴에 들러붙었다. 폐와 심장에 찢어질 것 같은 통증이 느껴졌다. 땅은 아래로 끝도 없이 꺼져 간다.

"현수야, 현수야."

까무룩 정신을 잃어 가는데 멀리서 목소리가 나를 불렀다.

"천천히, 천천히 숨을 쉬어. 들이쉬고, 천천히, 내쉬고……. 괜찮아. 천천히."

가쁘게 달리는 호흡을 잡아 보려 했지만 거대한 태풍 속에서 똑바로 걷기 위해 애쓰는 것처럼 힘든 일이었다. 옆에서 잡아 주는 누군가의 목소리에 집중했다. 천천히 들이쉬고 천천히 내쉬기를 반복하자 태풍 밖으로 가까스로 빠져나올 수 있었다. 세상의 끝에서 살아 돌아온 것 같았다.

선생님은 나를 부축해 편의점 앞으로 데려갔다. 물을 마시고 엉망이 된 얼굴을 닦고 한동안 멍하니 있었다. 기진맥진해 아무 말도 할 수 없었다. 선생님도 말이 없었다.

그때 의자 다리에 목줄을 묶어 놓은 개가 '컹!' 하고 짖었다. 내일이 없는, 고장 난 심장을 가진 개라고는 상상할 수 없을 만큼 크고 굵은 소리였다. 개는 빙글빙글 돌더니 다시 한번 힘차게 '컹 컹!' 하고 짖었다. 소리가 쩌렁쩌렁 밤공기를 울렸다.

"개가 짖을 줄을 아네?"

"……오징어 달라는 걸까요?"

나도 모르게 말이 나왔다. 개는 리드미컬하게 돌며 박자를 맞추듯 한 번씩 짖었다. 개가 짖는 걸 듣고 있자니 동서남북으로 흩어져 있던 몸의 감각이 돌아왔다. 소리도 냄새도 동네의 풍경도 어느새 평범한 오월 밤의 모습을 하고 있었다.

선생님은 오징어를 하나 더 사 와 개와 나눠 먹었다. 개가 낑낑거리며 내 무릎을 긁었다. 누군가의 체온이 간절히 필요한 기분이 들었다. 개를 내 무릎 위에 올렸다. 담요를 덮은 것처럼 따뜻했다.

"이쪽 발바닥만 털이 회색이에요."

개를 안고 괜히 여기저기 만지작거리다 내가 말했다. 이제는 비슷한 개들 사이에서도 발바닥만 보고 얘를 찾을 수 있게 되었다. 그런 것들을 알아 가는 건 신기하면서도 쓸쓸한 일이었다. 선생님이 남은 맥주 캔을 비우는 동안 그렇게 개를 품에 안고 있었다. 밤이 속절없이 깊어 갔다.

중간고사 기간이 되었다. 평소와 같이 공부는 전혀 하지 않았다. 반쯤 풀고 나머지는 대강 찍는다. 공부가 어려운 것은 아니지만 그게 다 무슨 소용인가 싶다. 내 성적표에 관심을 가지는 사람도 없고 좋은 대학에 가고 싶은 생각도 없다. 혜진이가 사라지기 전, 엄마 손을 잡고 영재교육 센터를 다니던 시간도 있었다.

모두의 기대와 관심을 받았고 그래서 모든 게 다 시시하기도 했었다. 내 뇌의 성장은 아마 그때에 멈춰 있을 것이다. 그날 이후, 단 한 권의 책도 읽지 않았고 단 한 권의 문제집도 풀지 않았다. 나의 내적 성장을 스스로 종결해 버렸다. 내가 쓸모없어지는 게 내 나름의 속죄였다.

학교에서는 내가 바라는 대로 투명인간 비슷한 게 되어 있었다. 친한 친구는커녕 말 한마디 나누는 친구도 없었다. 담임은 바빠서인지 학기 초의 기합이 완전히 빠져나간 얼굴로 기운 없이 교실을 오갔다. 복도에서 마주치면 문득 잠이 깬 얼굴로 나한테 알은체를 했는데 그럴 때마다 일부러 정중하게 인사를 하고 종종걸음으로 자리를 피했다.

아버지 얼굴은 여전히 보기 힘들었다. 여름이 오기 전 엄마 병원에 한번 데리고 가겠다고 했는데 날씨는 이미 여름이었다. 가끔씩 아버지를 볼 때마다 더 말라 있었다. 나는 주말에도 센터에 나가 선생님과 개를 만났다.

개는 센터에 나오는 아이들의 인기를 독차지했다. 센터의 뒷마당에 그늘을 만들어 바람 쐴 자리를 마련해 주었는데 늘 아이들에 둘러싸여 있었다. 그래도 개의 사료를 챙겨 주는 건 선생님이 내게만 맡겼다.

중간고사 마지막 날, 개의 사료를 들고 나오는데 누군가 말을 걸었다. 짧은 단발머리의 여자애였다. 얼굴이 눈에 익었다.

"네 강아지야?"

"아니."

"그럼 누구 강아지야?"

"임보하는 거야."

"그럼 좀 있다 다른 데로 가는 거야?"

"그건 몰라."

여자애는 거침없이 질문하고 거침없이 개를 만졌다. 마당에 굴러다니는 작은 공을 물어 오라고 던지기도 했다. 개는 공 반대편으로 꼬리를 내리고 도망갔다. 그 애는 그걸 보고 크게 웃었다. 웃는 얼굴을 보자 그 애가 누군지 생각났다. 학기 초 자기소개서를 걷을 때 남의 것을 열심히 훔쳐보던 애였다. 센터에서는 처음 봤다. 같은 반 애와 센터에 다니게 되다니 절망이라고 이름 붙일 수 있는 상황이었다.

그 애는 나와 나란히 서서 개가 사료 먹는 것을 지켜보았다. 구름 한 점 없이 맑고 더운 날이었다. 개는 사료를 다 먹고 산책을 가자고 내 다리를 긁어 댔다. 줄을 꺼내 나오는데 여자애가 따라나섰다.

"왜 따라와?"

"왜 안 되는데?"

왜 안 되는지 할 말이 없었다.

"근데 너 여기 다녀?"

"응."

"언제부터?"

"오늘. 나 강아지 진짜 좋아하는데 강아지가 있어서 놀랐어. 근데 네 개도 아닌데 왜 네가 밥 챙겨 줘?"

"선생님이 부탁하신 거야."

"왜 너한테 부탁해?"

"그냥 그렇게 됐어."

자꾸 질문을 하니 대답을 안 할 수도 없고 난감했다. 나는 투명인간이라고. 나한테 말 걸지 말아 줘. 차마 말로는 할 수 없어 성큼성큼 앞서 걷는 것으로 나의 뜻을 표현했다. 하지만 그 애는 뒤처지지도 않고 계속해서 말을 붙였다.

"우리 엄마는 강아지 진짜 싫어해. 하긴 우리 엄마는 내가 공부하는 거 빼고 다 싫어해."

개가 세 차례 오줌을 싸고 모퉁이에 똥도 쌌다. 가져온 비닐로 치우는 동안에도 그 애는 쉬지 않고 말을 했다. 듣거나 말거나 크게 상관하는 것 같진 않다. 누구랑 비슷하다.

"나보고 글쎄 툰베리처럼 되면 어떻냐잖아. 유엔에서 연설도 하고 노벨평화상 후보에도 오르면 얼마나 멋지냐고. 개 한 마리도 못 키우게 하면서 환경운동가가 어떻게 되라는 거야."

"툰베리도 북극곰을 키워서 환경운동가가 된 건 아니니까."

"그게 무슨 소리야?"

"헛소리."

"근데 이름은 뭐야?"

"최현수."

"개 이름이 최현수야? 왜 이렇게 사람 같아?"

"아니, 그건 내 이름……."

여자애는 내 말을 듣지 않고 개를 현수야, 현수야 하면서 불렀다. 개가 꼬리를 흔들며 그 애의 손을 핥았다.

"최현수는 내 이름이라고."

"나도 알아."

아 그러십니까.

"내 이름은 수민이야. 최수민. 우리 성이 같다. 근데 나 학원가 봐야 돼."

"야, 잠깐만!"

그 애, 그러니까 최수민은 나를 쳐다봤다.

"우리 학교에서는 굳이 센터 다니는 거 티 내지 말자."

"누군 티 내고 싶대?"

"그니까 학교에서는 아는 척하지 말자고."

최수민은 싱긋 웃더니 대답도 없이 번개같이 사라졌다. 텅 빈 골목길 끝으로 흔적 없이 사라진 뒷모습을 개와 내가 멍하니 서서 한참 바라봤다.

‹ **최수민식 장래 희망** ›

다음 날 학교에 갔는데 수민이가 내 자리에 앉아 있었다.

"여기서 뭐 해?"

"수학 숙제 좀 보여 줘."

학교에서 아는 척하지 말자고 한 지 24시간도 지나지 않았는데. 기가 막혔다. 어쩌면 얘는 귀가 막혔는지도 모르겠다.

"잠깐만 나와 봐."

수민이를 복도로 불러냈다.

"학교에서 아는 척하지 말자니까."

"싫은데."

"왜 싫은데?"

"아는 사이니까 아는 척하고 싶어."

나는 학교에서 별로 길게 말하고 싶지 않고, 너와 자주 이야기해서 괜히 이상한 소문이 나는 것도 싫다고 구구절절 설명했다.

"그래서 수학 숙제를 했어, 안 했어?"

수민이는 전혀 듣고 있지 않았다. 이쯤 되자 오늘 학교에서 분량 이상의 말을 해 버렸기 때문에 더 이상 설득할 기운이 남아 있지 않았다. 교실로 털레털레 돌아와 수민이에게 수학 숙제를 넘겼다.

그 이후로 수민이는 시도 때도 없이 학교에서건 센터에서건 내게 말을 걸었다. 수민이는 나와 다르게 누구도 의식하지 않았다. 수민이의 다른 친구가 어떻게 최현수와 말 텄냐고 묻자 나를 '센터 개 담당'이라고 소개하기까지 했다. 두 손 두 발 다 들었다. 학교에서 입은 밥 먹을 때만 열었는데 이제 수민이 말에 대꾸하느라 입 여는 일이 많아졌다. 존재감 없는 중학 시절을 보내려는 내 목표가 갈 길을 잃어 가고 있었다.

정신을 차리고 보니 수민이가 학원에 가지 않는 날이면 방과 후 함께 센터에 가는 지경에 이르렀다.(일방적으로 수민이가 쫓아오는 거지만.) 수민이는 말이 많았고 궁금한 것도 많았다. 담임의 자기소개서 양식보다 더 집요하게 디테일을 궁금해했다. 어떤 날씨 좋아해? 글렌 체크랑 타탄체크 중에 뭐가 더 취향이야? 들어 본 잔소리 중에 최악은 뭐였어? 뜀틀 몇 단까지 넘어? 가사 안 보고 부를 수 있는 노래 있어? 이상한 질문들이었음에도 적당히란 없었다. 대답을 제대로 할 때까지 수민이는 묻고 또 물었다.

"대체 뭐가 그렇게 궁금해?"

"나는 다른 사람이 궁금해."

"근데 왜 하필 나야?"

"내가 너랑 닮은 사람을 알거든."

"그게 누군데?"

"그건 비밀."

내겐 있는 대로 질문해 놓고 정작 내가 물어보는 몇 개 안 되는 질문에는 비밀이란다.

"장래 희망이 뭐야?"

"선생님."

내충 자기소개서에 썼던 직업을 말했다.

"아니, 직업 말고."

자기는 직업을 물은 게 아니란다. 정말로 장래의 희망에 대해 말해 달라고 한다.

"장래 희망 하면 왜 꼭 직업만 생각하는지 모르겠어. 인생이 다 직업에만 달려 있는 것처럼."

"넌 그럼 뭔데?"

"나는 하얀 강아지 한 마리랑 갈색 강아지 한 마리랑 얼룩 강아지 한 마리랑 검은 고양이 한 마리를 키우는 귀여운 할머니가 되고 싶어."

황당한 대답이었다. 할 말을 잃었다.

"되게 어려운 거야. 반려동물을 네 마리나 키우려면 경제적 상황도 좋아야 하고, 할머니가 되어서도 귀여우려면 매너나 마인드도 좋아야 해. 그리고 옷도 귀엽게 입어야 해. 손으로 뜬 스웨터 같은 거. 즉 손재주도 좋아야겠지. 평생을 바쳐 이뤄야 하는 장래 희망 아니냐고."

수민이는 다시 내게 장래 희망을 물었다. 그런 식의 장래 희망은 생각해 본 적도 없다고 하자 지금 생각해 보라고 했다.

"난…… 전단지에 붙은 얼굴들을 주의 깊게 보는 어른이 되고 싶어. 혼자 걷는 아이에게 부모님은 어디 있냐고 묻는 어른이 되고 싶어. 슬픈 기사에 악플 대신 힘내라고 댓글 다는 어른이 되고 싶어."

나도 모르게 단숨에 말하고 조금 후회했다.

"그건…… 너무 쉽게 되겠다."

"만약 어른이 될 수만 있다면."

역시나 내가 어른이 된 모습은 좀처럼 그려지지 않았다. 어른이 되고 싶은 건지 아닌지도 모르겠다. 어쩌면 나의 몸이 성장을 거부하는 중일지도 모른다.

초등학교 5학년 때 만난 의사가 떠올랐다. 소화불량이 2년 넘도록 지속되어 원인을 찾기 위해 간 대학병원이었다. 내시경과 초음파 검사상 아무런 이상이 발견되지 않았다. 혼자일 때는 괜찮은데 마음이 슬픈 사람과 함께 있으면 체하게 된다고 말하자 의사는 신경정신과를 권했다. 의사는 심인성이라는 단어를 썼다. 스트레스를 받는 일이 있냐고 내게 물었고, 나와 아버지는 입을 다물었다. 그날 이후로 아버지와 엄마에게 아프다는 말을 하지 않았다. 하지만 정말 그랬다. 누군가의 슬픔과 고통이 내게 전이되는 것이 분명했다. 시간이 갈수록 내가 아픈 것인지 다른 누군가가 아픈 것인지 점점 더 경계는 불분명하게 느껴졌다. 몰래 토했고 몰래 소화제를 삼켰고 몰래 음식을 뱉었다. 당연하게도 내 몸은 좀처럼 자라지 않았다.

그날 밤 유튜브를 틀었다. 길에 혼자 있는 아이를 유괴하려고 시도하는 실험 영상이었다. 어른 연기자는 아이 연기자에게 요 앞에서 엄마가 기다린다며 자기를 따라오라고 했다. 아이 연기자는 의심스러워하는 연기를 했고 어른 연기자는 아이의 손을 잡아끌었다. 주변에서 떡꼬치 사장님, 버스 기다리던 대학생, 장 보고 들어가던 주부, 고등학생 무리 등등이 히어로처럼 나타나 아이를 구하고 또 구했다.

영상의 맨 끝에 최근 5년간의 실종 아동 신고 통계가 나오며 실종된 아이들의 얼굴이 화면 가득 몇 차례나 떴다. 두 번째 화면 왼쪽 맨 아래 혜진이의 얼굴이 있다. 나는 서둘러 화면을 꺼

버린 저번과 달리 일시 정지를 누르고 사라진 아이들의 얼굴 하나하나를 천천히 살피기 시작했다. 이름과 나이, 실종 일시, 실종 장소, 인상착의, 전부 빼놓지 않고 읽었다. 리스트는 끝없이 이어졌고 나는 생각했다. 이런 밤들이 몇 번만 더 지나가면, 어쩌면 생각보다 금방 늙어 버릴지도 모르겠다고. 그렇게 되면 자라지 않고 늙어 버린 첫 번째 인류가 될지도 모르겠다.

‹ 문 ›

그 문에 관한 꿈을 또 꿨다. 검은 프레임, 투명한 유리, 그 너머로 넘실대는 소름 끼치도록 새파란 바다. 문은 활짝 열려 있었고 모든 것이 그리로 빨려 들어가고 있었다. 문이라기보다 거대한 입 같았다. 썩은 불고기와 해소류의 냄새를 맡을 수 있었다. 문은 순식간에 호텔 안의 모든 것을 빨아들였고 아무것도 남지 않자 작고 검은 점이 되었다. 마치 악마의 동공처럼.

반복해서 꾸는 아주 짧은 꿈이다. 한 가지 달라진 점은 이제 헤렌 산토스도 등장한다는 거다. 얼마 전 그를 다시 떠올린 이후 그는 내 꿈속에 갇혀 버렸다. 빨려 들어가는 사람들 중에 그가 있다. 다만 그는 문에 빨려 들어가는 게 당연하다는 표정을 하고 있다.

잠에서 깬 나는 물을 몇 컵이나 마셨다. 휴대폰으로 시간을 확인하니 세 시밖에 되지 않았고 안방에서 아버지가 코 고는 소리가 들려왔다. 어제 오랜만에 아버지가 초저녁에 퇴근해서 함께 저녁을 먹고 일찍 잠자리에 들었는데 빌어먹을 문이 나오는 꿈을 꾼 거다.

물을 그렇게 마셨는데도 입에서 악취가 가시지 않는다. 이 꿈의 기괴하고 싫은 점은 나는 빨려 들어가지 않는다는 거다. 모두가 공포에 질린 아수라장을 나는 미동 없이 바라보고 있다. 울고 소리 지르는 사람들의 얼굴 표정, 주름 하나하나까지 자세히 들여다볼 수 있다. 그리고 그런 나를 헤렌 산토스가 문으로 사라지며 바라본다. 나는 그에게 알 수 없는 적의를 느낀다.

처음 꿈을 꿨을 때는 혼란스러웠다. 나는 어디에 있는 거지? 그 한복판? 내려다보는 기분도 들었는데. 티브이 화면을 보는 것처럼 아예 그 소동 밖에서 바라봤던가. 하지만 지금은 그 문이 나의 일부라는 생각이 든다. 그 문이 내 입일지도 모른다. 아니면 내가 그 문의 눈일지도. 뭐가 됐든 그 괴물 같은 것이 내게 속한 것임은 틀림없다.

다시 누웠는데 잠이 오지 않는다. 또렷한 문의 이미지가 텅 빈 벽 위로 무한 증식한다. 7월 19일, 문은 분명 닫혀 있었다. '관계자 외 출입 금지'라는 안내문이 붙어 있었다. 경찰이 물었을 때 호텔 매니저도 말했다. '이 문은 평소 늘 잠겨 있습니다.' 해변으로 바로 통하는 후문이었지만 문 밖의 공간 일부가 사유지인 데다 호텔 측과 땅 주인이 갈등상태라 이용 금지라고 했다.

벌떡 일어나 불을 켜고 서랍장 깊이 넣어 둔 상자를 꺼냈다. 견 딜 수 없이 궁금해졌다. 상자 안은 신문 기사 오린 것들과 수첩, 명함, 서류들로 가득 차 있다. 한참을 뒤져 호텔 매니저의 명함을 찾아냈다. 나는 그에게 메일을 썼다.

받는 사람: gm_cho@grand_blue.com
파일 첨부:
제목: 안녕하세요

안녕하세요, 저는 최현수라고 합니다.
궁금한 게 있어서 메일 드려요.
호텔 후문은 지금 출입이 가능한가요?
출입이 가능하다면 언제부터 열렸나요?
답장 주시면 정말 감사하겠습니다.

20XX년 6월 3일
최현수 드림

고작 몇 줄을 쓰는 데 한참 걸렸다. 어른에게 메일을 써 본 일 이 없어서다. 아니다, 메일 자체를 써 본 일이 없다. 키가 크고 힘이 아주 세 보이던, 그 호텔의 총괄 매니저라던 남자의 인상이 떠오른다. 엄마가 울고 아버지가 경찰과 다투는 동안 로비 구석에 앉아 있던 내게 말을 걸었다. 걱정 말라고, 꼭 찾을 수 있을 거라고 했다. 그때는 믿음직한 어른에게서 그런 말을 들으니 안심이 됐다. 내게 계속 존댓말을 하는 게 좀 어색했지만 뭔가 중요한 직책을 가진 것 같은 사람이 마음을 써 줘서 좋았다. 명함은 그때 받은 거다.

"도울 일이 있으면 언제든지 연락 주십시오."

매니저는 그렇게 말하며 내게 명함을 두 손으로 내밀었다. 그리고 깍듯이 허리를 숙여 인사하고 사라졌다. 그런 행동 때문에 상황이 더욱 비현실적으로 여겨졌다. 열 살 난 남자애에게 180은 넘어 보이는 건장한 어른이 묵례를 하는 장면은 이상하다. 그런 장면은 배트맨에서나 봤다.

혜진이는 돌아오지 않았고 몇 번이나 그에게 전화를 걸어 따지고 싶은 걸 참았다. 걱정 말라고, 꼭 찾을 수 있다고 했잖아요. 무슨 근거로 그렇게 낙관적인 말을 한 건지. 우스꽝스러운 그 묵례는 다 뭐고, 명함은 왜 준 건지. 원망스러웠다. 매니저가 마치 호텔의 정령이라도 되는 것처럼 소리치고 싶었다. 혜진이를 내놓으란 말이야.

혜진이 없이 우리 세 가족만 집으로 돌아왔던 그날을 기억한다. 혜진이가 사라지자마자 아버지는 누명을 썼고 우리는 너무 많은 사람들을 만났다. 휘몰아치는 시간의 한가운데서는 우리에게 닥쳐온 것이 무엇인지 실감하기 어려웠다. 혜진이의 부재를 비로소 발견한 것은 집에 돌아와서였다. 혜진이의 흔적이 뚜렷한 집 안의 모든 것들이 혜진이가 여기에 없음을 알려 왔다. 혜진이의 방에는 누구도 차마 들어가지 못했다. 무거운 침묵 속에서 우리는 조용히 할 일을 했다. 턱 끝까지 차오른 불안감과 절망을 모른 척하며. 누군가 울거나 혜진이의 실종에 대해 입을 열면 그 일이 정말 돌이킬 수 없는 사실이 되어 버릴까 봐 두려웠다. 하지만 물을 마시기 위해 냉장고를 연 엄마는 그대로 주저앉아 버렸다. 냉장고 안에 혜진이가 반쯤 먹다 남긴 스누피 우유가 있었다. 그리고 그 애가 좋아했던 나물 반찬, 짜 먹는 요구르트, 어린이 치즈, 곰 젤리.

엄마는 다시는 냉장고 문을 열지 못했다. 안의 음식들은 꺼내지도 버리지도 못해 그대로 썩어 갔다. 어느 날 학교에서 돌아와 보니 냉장고가 통째로 사라져 있었다.

처음 3년간 아버지와 엄마는 잠잘 때 외에는 거의 집에 있는 시간이 없었다. 전국을 돌며 혜진이를 찾아다녔다. 여러 방송국과 기자회견도 했고 잡지며 뉴스며 인터뷰도 닥치는 대로 응했다. 전단지를 들고 안 가 본 곳이 없었다. 새벽에도 제보가 오면 지체 없이 제보자를 만나러 갔다. 나는 텅 빈 집에서 오지 않는 혜진이와 엄마, 아버지를 기다렸다. 부재로 가득한 집에서 내가 견딜 수 있는 유일한 방법은 스스로 유령이 되는 것뿐이었다. 나는 최대한 움직이지 않고 소리 내지 않으며 나를 지워 나갔다.

아버지가 다니던 직장에서 첫 1년은 사정을 봐줬다. 하지만 무단결근과 조퇴 등이 정상 출근보다 많은 날들이 이어지자 아버지는 해고를 당했다. 엄마는 그날 이후 당연히 어떤 책도 쓸 수 없었다. 적금을 깨고 아파트를 팔고 빚을 지고 또 전세금을 헐고 빚을 지고 다시 월세 보증금을 줄이고 빚을 지고. 더 이상 줄일 수 없을 정도로 모든 것을 줄였다. 부모님 말로는 자식을 찾는 모든 부모들은 그렇게 한다고 했다. 그렇게 할 수밖에 없는 거라고. 그래도 혜진이는 돌아오지 않았다. 2년이 더 지난 지금 엄마는 알코올중독자가 되었고 아버지는 일용직 노동자, 배달원, 대리운전 기사가 되었다.

남은 것은 전단지 뭉치뿐이다. 집 안 여기저기서 끝도 없이 전단지가 나온다. 여는 서랍마다, 상자마다. 떨어지면 채워 넣고 떨어지면 또 채워 넣는다. 시간이 나는 대로 아버지는 전단지를 돌린다. 서울역, 부산역, 대구역, 인천공항, 김포공항, 동해, 강릉, 속초, 양양…… 갈 수 있는 한 여러 곳으로 가서 전단지를 돌린다.

전단지 속의 혜진이는 점점 낯설어진다. 실종 당시의 모습이 담긴 좌측의 사진. 빨간 머리띠에 푸른 원피스를 입고 환하게 웃고 있다. 그날 그 바닷가에서 찍은 사진이다. 사진에는 나오지 않았지만 프레임 밖 한 손에는 커다란 스누피 인형을, 반대쪽 손에는 커다란 플라스틱 통을 들고 있다. 다리에는 모래가 잔뜩 묻어 있고 발목에는 그날 아침 산 껌종이 판박이가 붙어 있다. 우측에는 5년이 지난 지금의 모습을 추정한 가상 사진이 있다. 얼굴이 좀 더 클로즈업된 열한 살의 혜진이다. 얼굴이 갸름해지고 눈코입이 미묘하게 달라져 있다. 눈썹이 좀 더 진해졌고 인중이 길어졌다. 어떤 프로세스에 의해 구현된 결과물이겠지만 솔직히 전혀 혜진이 같지 않다. 정말 혜진이는 저 얼굴로 어딘가에서 살고 있을까.

엄마는 늘 말했다. 혜진이가 너무 예쁘고 사랑스러워서 누군가 자기 딸로 키우려고 데려간 거라고. 분명 혜진이가 다 커서 우리를 찾으러 올 거라고. 그리고 엄마는 그날 혜진이에게 푸른 원피스를 입힌 것을 두고두고 후회했다. 그것 때문에 더 예쁘고 귀하게 보인 거라고, 그냥 목 늘어난 티에 추리닝 바지를 입혔어야 했다고. 엄마의 이런 후회는 갈수록 깊어져서 뼈아픈 것이 되었다. 말도 안 되는 이야기였지만 그렇게 말할 수 없었다. 그 원피스는 혜진이가 그날 직접 골라 입은 거라고도 말하지 못했다. 엄마에게 필요한 건 자신을 자책할 원인이었다.

푸른 원피스를 입히지 않았다면. 아이들을 두고 해피아워를 즐기러 가지 않았다면. 그 호텔을 가지 않았다면. 휴가를 가지 않았다면. 무수한 죄책감의 요인들 중 아이들을 두고 술을 마시러 간 것은 실제로 여론의 집중 공격을 받았다. 자업자득이라고, 아이를 잃어버려도 싸다고.

사람들이 생각하지 않는 건 내가 종종 동생과 단둘이 시간을 보냈던 적이 있고, 엄마 아빠가 자리를 비운 시간은 한 시간 남짓이었을 뿐이며, 로비는 환하고 안전해 우리를 위협할 어떤 요소도 없어 보였다는 점이다. 엄마는 그날따라 좀 들떠 있었을 뿐 늘 좋은 엄마였다. 상상할 수 없는 일이 일어났는데 사람들은 부모가 술을 마시러 가서 애를 잃어버린 거라고 했다. 인과응보라기엔 너무 지독하다.

엄마는 사람들의 비난을 말없이 받아들였고 그건 독처럼 몸에 쌓여 갔다. 혜진이가 사라지고 3년간 술을 한 방울도 안 마시던 엄마는 목격자의 제보로 제주도까지 다녀온 어느 날 짚단처럼 무너졌다. 맥주를, 소주를, 고량주를, 막걸리를 닥치는 대로 마셨다. 텅 비어 버린 단지를 세상의 모든 술로 채우려는 듯. 하지만 마셔도 마셔도 그것은 영원히 채워지지 않았다.

수백 번도 더 복기한 지난 5년의 시간. 문제는 혜진이의 얼굴이 점점 더 기억나지 않는다는 것이다. 흐릿해져 간다. 전단지 속 혜진이의 얼굴은 실물과 다르다. 그런 얼굴이 아니다. 그건 혜진이가 아니다.

이대로는 안 된다는 생각이 들었다.

이 세상에 혜진이를 가장 잘 알고 기억하는 사람은 나와 엄마, 아버지뿐이다. 그중에 엄마는 병원에 있고 아버지는 세 개나 되는 일로 수면 시간도 부족하다. 오직 나만이 망각의 구덩이에서 혜진이를 끌고 올라올 수 있다. 나의 어리석음을 탓하며 몸을 일으켰다.

집 안의 모든 서랍과 문을 열어 혜진이의 흔적을 찾았다. 몇번의 이사로 혜진이 옷이나 사진, 물건들은 점차 적어졌다. 그걸 보는 엄마가 너무 힘들어해서 어쩔 수 없었다. 아버지는 엄마 몰래 혜진이의 물건들을 정리했다. 어쩌면 아버지가 더 힘들어서 그랬는지도 모른다. 그래도 이렇게나 전혀 없지는 않을 텐데 거짓말처럼 혜진이의 어떤 물건도 찾을 수 없다. 그저 전단지, 전단지만 끝없이 나올 뿐이다.

새벽이 밝아 왔지만 별 소득이 없었다. 나와 함께 찍은 사진 몇장이 전부다. 그것도 불길한 물건이라도 되는 것처럼 벽장 깊은 곳에 아주 꽁꽁 박혀 있었다.

학교 가기 직전 아버지가 일어났다. 아버지는 오만 원을 주며 더 필요한 것이 있냐고 물었다. 어제 장을 봐 놓았으니 밥 잘 챙겨 먹으라고도 덧붙였다. 점심은 학교에서, 저녁은 센터에서 해결하는지라 딱히 필요한 건 없다. 잠시 고민하다 씻으러 가는 아버지를 불렀다.

"엄마는…… 어때요?"

"음…… 나빠지진 않고 있어."

"좋아지지도 않고요?"

"그렇다고 볼 수 있지."

물으나 마나 한 질문과 답이 오갔다. 숨을 참고 깊은 물에 뛰어드는 심정으로 묻고 싶은 걸 물었다.

"혜진이 물건…… 어디에 있어요?"

아버지가 놀란 눈으로 나를 쳐다봤다. 혜진이의 이름을 입에 올리는 것은 너무나 오랜만이다. 게다가 갑자기 혜진이의 물건을 찾는다니 충분히 당황스러울 것 같았다.

"왜?"

"……보고 싶어서요."

이런 대답이 튀어나올 줄은 나도 몰랐다. 차마 아버지 눈을 보지 못하고 발끝만 바라봤다.

"없어."

"하나도요?"

"하나도."

"왜요?"

나도 모르게 목소리가 커졌다. 똑바로 바라본 아버지는 벌받는 학생 같은 표정을 짓고 있었다.

"잠깐 앉아 봐라."

아버지는 나를 바닥에 앉히고 맞은편에 앉았다. 무언가 아주 중요한 이야기를 할 때 아버지는 나와 이렇게 마주 앉는다. 괜히 물어봤다. 뭐가 됐든 중요한 이야기를 지금 듣고 싶지 않다. 아버지와 나는 한참 동안 바닥 장판의 무늬만 노려보았다.

"이제 혜진이를 놓아주려고 한다. 사실 너에게 이 말을 할 기회를 찾고 있었어."

무슨 소릴 하는 거지. 눈이 붉게 충혈된 아버지가 말을 이었다.

"5년이 지났어. 혜진이가 이 세상 어딘가에서 누군가의 딸로 잘 살고 있을 수도 있고, 아닐 수도 있어. 하지만 우리가 계속 이렇게 살 수는 없는 거다. 엄마를 입원시키고 많이 생각해 봤어. 찾을 수 있다는 희망이 엄마를 병들게 한다. 판도라의 상자에서 나온 재앙처럼."

"무슨 소리를 하시는 거예요?"

"그리고 더 중요한 건, 우리한테 네가 남았다는 거야. 너를 언제까지고 이렇게 혼자 둘 수 없어. 너의 미래까지 망가뜨릴 수 없어.”

"제 핑계 대지 마세요. 설마 혜진이를 찾지 않으면 모든 게 정상으로 돌아올 거라 생각하시는 거예요? 진심으로요?”

"우리가 혜진이를 잃고 난 뒤 너는 부모 잃은 아이처럼 살아왔어. 우리는 그에 대해 생각해 볼 겨를도 없었지. 이대로라면 우리는 다 무너져 버릴 거야. 언젠가 혜진이가 돌아오더라도 우리가 우리로 있어야 하지 않겠니.”

두 손을 깍지 끼고 맞잡은 아버지의 손톱이 살에 파고들어 새빨갛게 변하고 있다. 뺨과 목울대 근처는 피가 통하지 않는 것처럼 보랏빛이다. 아버지가 외계인처럼 보인다. 처음으로 누군가를 온 힘을 다해 치고 싶다는 생각을 했다. 아버지는 비겁하다. 아버지는 거짓말쟁이다. 아버지는 잔인하다.

"그냥 말해요. 지쳤다고. 다 그만두고 싶다고. 미래니, 우리니, 내가 남았다느니 그런 말들 마시고요. 엄마도 알아요? 아버지가 이런 생각인 거?”

"엄마가 좀 나아지면 말할 생각이다. 네 말이 맞아. 나는 지쳤고 이제 그만두고 싶다. ……그냥 나를 원망해.”

거기까지 듣고 나는 벌떡 일어났다. 아버지가 이상한 표정으로 바닥만 바라보고 있다. 모두 꿈 때문이다. 빌어먹을 꿈을 꿔서 잠이 다 깨고 혜진이에 대해 생각하고 혜진이 물건을 찾으려다 여기까지 왔다. 분노를 참으며 집을 나서는 내게 아버지는 기어이 한마디를 더 보탰다.

"그러니 찾지 마라. 혜진이 물건. 혜진이. 그냥 다…… 묻어 둬라."

"그거 아세요? 아버지는…… 아버지는 인간도 아니에요."

쾅 소리가 나게 문을 닫고 뛰어나왔다. 가슴속에 뜨거운 불길이 번져 나갔다. 오장육부가 다 타고 몸통과 손발이 타고 머리까지 불붙어 하나의 거대한 불꽃이 되어 버릴 것 같았다. 내 몸을 던져 세상의 모든 걸 다 불태우고 싶었다. 건물들 사람들 차들 산과 하늘 전부 다 폐허가 되도록, 그래서 재만 남도록. 분노로 머리가 새하얀데 심장은 저미듯 아프다. 아버지는 그런 말을 해서는 안 됐다. 우리가 혜진이 찾는 것을 그만두면 대체 누가 혜진이를 찾느냔 말이다. 혜진이를 포기하자니. 아버지는 아버지이기를 포기하겠다는 말인가.

교복을 입은 아이들과 반대 방향으로 걸었다. 다리를 쉬지 않고 움직였다. 걸음을 멈추면 모든 것이 다 끝나 버릴 것 같았다. 나라는 존재와 나를 둘러싼 이 세계가.

‹ 기 , 딸꾹 , 도 ›

발걸음이 향하는 대로 걸었을 뿐인데 정신 차려 보니 예전에 살던 동네였다. 이 한적한 지방 소도시 안에 설계된 미니 신도시로, 어릴 적엔 가도 가도 끝이 없는 아파트 세계처럼 느껴졌었다. 세상 사람들은 전부 아파트에 산다고 믿었던 때였다. 지금 와 보니 그렇게 크지 않다는 게 놀라웠다. 하늘마을, 로즈타운, 파크뷰……. 몇 개의 단지들이 연달아 이어져 있었다. 쫓기는 동물처럼 도망친 게 고작 한 시간 거리의 예전 동네라니. 마치 업데이트에 실패한 고물 내비게이션 같다.

놀이터에 앉아 숨을 몰아쉬며 편의점에서 산 물 한 통을 다 비웠다. 다리를 주무르며 머리를 비우려 애썼다. 아버지와 나눈 대화를 머릿속에서 몰아내고 싶다. 하지만 잘되지 않았다. 하루는 끔찍하게 길고 갈 곳은 없었다.

우리가 살던 아파트의 이름은 '하얀마을'이었다. 아장아장 걷던 동생과 놀이터에 나왔다가 비슷하게 생긴 아파트들 틈에서 길을 잃었던 기억이 있다. 동생 손을 잡고 울면서 같은 길을 몇 번이고 돌았다. 동네 엄마들의 도움으로 집을 찾은 그날의 일은 자주 놀림거리가 되었다. 우리가 엎어지면 코 닿을 거리에서 그러고 있었기 때문이다. 만약 그날 우리를 못 찾았으면 아버지는 오늘처럼 우리를 포기했을까. 다시 생각은 한곳에서만 맴돈다. 고물 내비게이션의 메인보드까지 고장이 난 듯싶다.

하얀마을은 그대로였다. 페인트칠을 최근에 다시 한 듯 새하얀 벽면이 햇빛 아래 눈부시게 반짝였다. 잘 자란 나무와 꽃, 벤치, 그 위에 놓인 물병, 아이들이 뛰어다니는 발소리, 말끔한 보도블록……. 내 유년은 작은 얼룩 하나 없이 완벽하게 보존된 채그곳에 있었다. 지나가는 사람들 모두 느긋하게 움직이고 평화로워 보인다. 나도, 우리 가족도 이 풍경 속에 있었던 시절이 있었다. 다 같이 둘러앉아 예능 프로를 보며 짜장면을 시켜 먹던 저녁이 있었다. 놀이터를 정신없이 뛰어다니던 나와 혜진이를 사랑스럽게 바라보던 부모님이 있었다. 그네를 아무리 높이 타도 두 손으로 줄을 꼭 잡고 있으면 절대 떨어지지 않으리라 믿었던 내가 있었다. 이제는 나조차 믿지 않는, 폐허가 된 기억이었다.

이 계절에 맞는 미지근한 바람이 불어오자 내 안에 가득 찬 모래가 마구 휘날리기 시작했다. 죽은 채로 묻혀 있던 모든 것들이 모래 폭풍 속에서 수군대며 일렁였다. 그곳에서 나는 좀비였다. 죽은 자의 세계에서 실수로 산 자들의 세계로 돌아온 자였다. 그곳에 머무는 시간이 길어질수록 내가 그곳에 속해 있지 않음이 명확해졌다. 이 햇볕도 이 바람도 이 의자도 모두 나를 위한 것이 아니다.

올 때보다 무거워진 발을 끌며 아파트 단지를 벗어나려는데 입구의 어린이집이 눈에 들어왔다. 한동안 내가, 그 후에는 혜진이가 다니던 곳이었다. 아, 이것이었나. 어떤 깨달음이 조금 느리게 찾아왔다. 이 동네로 걸음하게 된 것은 저 어린이집에 가기 위해서였던 것이다. 어떨 때의 직관은 몸이 먼저 반응하고 그 후에 의식이 따라온다는 사실을 알고 있다.

어린이집의 초인종을 눌렀다. 낯가림의 대마왕인 나답지 않은 행보였다. 누군지 확인도 없이 어린이집의 문이 활짝 열렸다.

"누구……세요?"

나를 본 선생님의 눈동자가 당황과 경계심으로 흔들렸다. 선생님은 활짝 열었던 문의 문고리를 천천히 잡아당겨 반쯤 닫았다.

"저 여기 다녔던 최현수라고 해요."

"현수?"

문고리를 잡은 선생님 뒤로 원장 선생님이 얼굴을 내밀었다. 낯익은 얼굴이었다. 나는 꾸벅 인사를 했다.

"현수가 여기 웬일이야? 들어와, 들어와."

반갑게 나를 맞이하는 원장 선생님의 표정이 정말 반기는 것인지 당황스러움을 숨기는 것인지 구분하기 힘들다. 안으로 들어가자 여기저기 굴러다니거나 뛰어다니던 아이들이 모두 일제히 나를 쳐다봤다. 미어캣들 사이의 침입자가 된 듯했다. 원장 선생님은 원장실로 나를 데려갔다. 시간이 꽤 흘렀음에도 원장 선생님이 바뀌지 않아 다행이었다.

"부모님은 안녕하시고?"

안부를 묻다 아차 하는 표정이 원장 선생님의 얼굴에 스쳐 갔지만 모른 척했다. 혜진이가 사라진 사건은 당시 온 국민이 알 만큼 큰 이슈였다. 그리고 여기는 '그' 혜진이가 다니던 어린이집이다. 엄마는 당시 원장 선생님을 안고 많이 울었다.

"잘 컸네. 정말 시간 빠르다. 정말 요만했는데……."

원장 선생님은 무릎 정도 높이에 손바닥을 뻗으며 말했다. 모든 어른들이 오랜만에 보는 청소년에게 하는 말이다. 학교생활이나 안부에 대해 대강 대답을 하고 나자 화제가 끊겼다.

"부탁드릴 게 있어서 갑자기 오게 됐어요. 죄송해요."

"나한테 부탁할 게 있다고? 일단 들어 보자."

"혹시…… 혜진이 사진이나 그림, 물건 같은 게 남아 있나 해서요……."

혜진이의 이름이 나오자 갑자기 원장 선생님은 내 눈을 피하며 주스 병에서 주스를 따르기 시작했다.

"얼음 넣어 줄까?"

"아뇨, 괜찮아요."

샛노란 오렌지주스를 내 앞으로 밀어 주고도 원장 선생님은 말이 없었다.

"혜진이 물건은…… 갑자기…… 미안해."

원장 선생님은 혜진이의 이름을 말하는 동시에 휴지를 가져가 눈물을 닦더니 코까지 풀었다. 유리창에 빗물이 흐르는 것처럼 뺨에 눈물이 흘러내렸다. 나는 약간 놀란 마음으로 그 모습을 바라봤다. 누군가 혜진이 이야기를 듣고 울 때마다 아, 우리에게 일어난 일이 이렇게나 비극이구나, 하는 것을 새삼 깨닫고 놀란다. 혜진이의 부재가 오랜 기간 지속되면서 고통과 슬픔은 이제 우리에게 일상이 되어 버려서다.

나는 울지 않는다. 울지 못한다고 해야 정확할지도 모르겠다. 아무리 울어도 상황은 전혀 나아지지 않고 남들에게 동정만 살 뿐이다. 울고 난 뒤의 이상스러운 개운함도 싫다. 자기 연민에 빠지는 것도 싫다. '울고 나면 시원해져.'라는 말을 아무렇지 않게 하는 부류의 인간들도 싫다. 상황은 그대로인데 나만 감정적으로 시원해지고 나면 뭐 어쩌라는 건지. 참을 수 없이 눈물이 나오려고 할 때면 어릴 적 외운 모스부호에 따라 눈을 깜빡였다.

제일 많이 보낸 신호는 '엿 먹어.' 눈물이 나오려고 하는 그 상황과 나 자신에게 보내는 셀프 신호였다. 그러다 보면 나오려던 눈물이 도로 들어갔다. 울지 않은 지 2년도 넘었다. 앞으로도 죽을 때까지 울지 않을 거다. 아무튼.

나는 이사를 다니며 혜진이의 물건이 다 사라졌다고 말했다. 이제라도 늦지 않았다면 혜진이의 물건을 모아 두고 싶다고 했다. 어떻게 말할까 고민하다가 그냥 솔직하게 말했다. 당시 어린이집에서는 매일 사진을 찍어 그날의 일거수일투족을 기록해 줬다. 자는 모습, 먹는 모습, 노는 모습……. 정말 많은 사진이 있었다. 그중 일부만이라도 찾을 수 있다면. 제발.

눈물을 간신히 멈춘 원장 선생님이 딸꾹질을 하며 말했다.

"사진 같은 건…… 개인 정보라 3년마다, 폐기하게, 돼 있어. 혜진이 물건도, 어머니가, 가져가신 것 말고, 남은 건 다…… 정리했단다."

그랬다. 당연한 걸 알면서도, 뭐라도 건질 수 있을 거라 기대했다.

급격히 다운되는 기분을 감추기 위해 하릴없이 소파 위의 쿠션을 만지작거리다 주스를 마셨다. 내겐 이제 남아 있는 말이 없었다. 긴장감이 휘발되며 피로감이 밀려왔다. 주스를 비우고 인사를 하고 돌아가자. 아버지가 지키고 있는 우리 가족의 무덤으로.

말없이 주스를 마시는 나를 살피다 원장 선생님이 조심스레 물었다.

"혜진이 사진이…… 하나도 없니?"

"없어요."

"그럼 혹시…… 그때 같이 다녔던 아이 엄마, 통해서 물어봐 줄까?"

"그렇게 해 주실 수 있으세요?"

나도 모르게 간절하게 물었다. 예상치 못한 호의였다. 원장 선생님이 내는 개구리 울음 같은 딸꾹질 소리마저 사랑스럽게 들렸다.

"지금 동생을, 여기 보내는 엄마가 한 명 있는데, 그 애 언니가 혜진이랑, 같이 다녔었어. 아마 사진을, 다 가지고 있을 거야. 독사진은, 없겠지만 같이 찍, 힌 사진은 있을 거야. 그거라도 괜찮니?"

괜찮고말고요. 고맙습니다, 정말. 나는 고개를 끄덕였다.

원장 선생님은 내 전화번호를 물었다. 통화해 보고 연락해 준다고 했다. 주스를 다 마신 나는 일어서서 꾸벅 인사를 했다.

"내가 잘, 이야기해 줄 테니까…… 기운 내고……."

잠시 머뭇거리던 원장 선생님은 한마디를 덧붙였다.

"혜진이를 위해, 기도하고 있어. 이제, 너에 대해서도 기, 도할 거야."

마지막 '기' 자와 '도' 자 사이에 크게 딸꾹질이 끼어들어 개구리가 압살당하는 소리 같은 게 났다. 하지만 나와 원장 선생님 둘 다 웃지 않았다. 우리를 동정하는 사람들은 많다. 우리의 이야기를 듣고 우는 사람들도 많다. 하지만 우리를 위해 기도하는 건, 조금 다른 차원의 접근 같다는 생각이 들었다.

나는 다시 한번 감사하다고 말하고 자리를 떴다.

‹ 한 통의 이메일과 한 통의 전화 ›

보낸 사람: 조창엽(호텔 그랑블루) 〈gm_cho@grand_blue.com〉

파일 첨부:

제목: RE: 안녕하세요

안녕하십니까, 호텔 그랑블루 총괄 매니저 조창엽입니다.

보내 주신 문의 사항에 답장드립니다.

호텔 후문은 현재 출입이 불가합니다.

20XX년 여름 시즌에 잠시 개방하였으나

후문 앞 사유지 분쟁, 정비되지 않은 환경으로 인한 안전상의 이유 등으로 그해 9월 다시 폐쇄했습니다.

현재 사유지 분쟁에서 승소하여 산책로 공사를 마무리하고 있습니다.

후문은 내년 상반기부터 개방될 예정입니다.

010-0000-0000. 제 휴대폰 번호입니다.

혹시 더 궁금하신 사항이 있으면 이쪽으로 문의 바랍니다.

호텔을 통한 연락보다 아무래도 빠를 것입니다.

감사합니다.

조창엽 드림

집에 도착해 폰을 확인하니 메일이 와 있었다. 빠르고 신속한 답장이었다. 잠시 개방되었다는 20XX년은 혜진이가 사라진 다 다음 해이다. 답변대로라면 혜진이가 사라진 해에 문이 닫혀 있었다는 사실은 변하지 않는다. 매니저의 개인 번호가 쓰여 있는 메일을 한참 들여다보았다. 뭐가 됐든 정말로 나를 도와주고 싶어 하는 마음이 느껴졌다.

정비되지 않은 환경. 확실히 후문 쪽은 정문에 비해 어수선했다. 치우지 못한 공사 자재와 마무리가 덜 된 산책로가 닫힌 문 너머로도 보였다. 당시 아버지는 후문과 더 가까운 주차장을 정문을 통해 다녀왔다. 그쪽에 문이 있다는 사실을 몰랐을지도 모른다. 아버지에게 왜 후문을 이용해 보려 하지 않았냐고 물어볼까.

하지만 무의미한 질문이다. 아버지는 아침에 혜진이를 '놓아주려 한다'고 말했다. '놓아주려 한다'는 말의 정확한 의미를 사실 잘 모르겠다. 더 이상 찾지 않겠다는 말일까. 혹은 앞으로 혜진이와 관련된 모든 것을 지워 버리겠다는 말일까. 그게 지운다고 지워지는 걸까. 지워지지 않는다면 어떻게 찾지 않을 수 있는 걸까. 질문은 머리가 꼬리를 문 것처럼 제자리에서 맴맴 돌았다.

아버지의 생각이 어떻든 나와 상관없다. 아버지가 아버지의 딸을 놓아주건 말건 나는 내 동생을 놓아주지 않겠다. 나에겐 나만의 방식이 존재한다. 나는 혜진이를 기억하기 위해 모든 노력을 다할 거고 아버지가 하지 않는다면 내가 혜진이를 찾을 거다. 죽을 때까지 그럴 거다.

잠시 후 한 통의 전화를 받았다. 원장 선생님이 말한, 혜진이 친구의 엄마였다. 아주머니는 자기가 빛나 엄마라고 했다. 들어본 적 있는 이름이다. 빛나 엄마는 혜진이의 사진을 당연히 갖고 있고, 혜진이가 그린 그림도 몇 개 있다고 했다. 혜진이가 빛나네 집에 놀러 가서 그린 그림이라고 했다. 내가 별다른 말을 하지 않았는데도 빛나의 엄마는 울었다. 혜진이 이야기만 나오면 다들 운다. 그냥 울어 버릴 수 있어서, 부럽다.

주말에 빛나 엄마를 만나기로 했다. 그림은 그대로 주고, 사진들은 컬러 복사를 해서 준다고 했다. 빛나 엄마는 전화를 끊기 전 엄마는 잘 계시냐고 물었다. 병원에 계시다고 하자 미안하다며 도와줄 일이 있으면 뭐든 이야기하라고 했다. 오늘 하루 세상의 모든 사람들이 내게 도움을 주고 싶어 하는 것 같다.

통화를 마치고 곧 아버지에게 전화가 왔지만 받지 않았다. 두 번 더 전화가 왔지만 무시했다. 잠시 후 문자가 왔다.

'학교는 빠지지 마라.'

나도 모르게 짧은 냉소가 비어져 나왔다. 아버지가 일상으로 돌아가려는 방법은 순서가 틀렸다. 비일상이 끝나야 일상으로 돌아갈 수 있는 거다. 비일상의 상황에서 일상을 지속한다고 일상이 될 수는 없는 거다. 갑자기 든 생각은, 더는 학교에 가지 않겠다는 것이었다. 학교에 대해 아무 생각 없었는데 지금 이 문자를 보고 마음을 정했다. 아버지가 원하는 대로 내가 평범하게 학교를 다니고, 가족이 한집에 살고, 아버지는 예전처럼 보통의 직장인으로 돌아가는 일, 일어나지 않을 거다. 혜진이를 '놓아주고' 그런 일이 일어날 리가 없다. 아니, 일어나면 안 된다.

종일 걷고 먹은 건 주스 한 잔뿐이다. 집을 다시 나서서 센터로 향했다. 배가 고파 쓰러질 것 같았고 혹시라도 저녁에 아버지를 마주치고 싶지도 않았다.

저녁을 먹고 개와 놀아 주는데 선생님이 다가왔다.

"학교 안 갔다며?"

"어떻게 아셨어요?"

"너네 담임 선생님이랑 아버지한테 전화받았다. 오늘 너 때문에 전화통 불났다."

개의 등만 쓰다듬었다. 그러거나 말거나.

"네가 여기 출몰했다고 좀 전에 아버지한테 문자드렸다. 아주 건방져. 대리인도 있고."

선생님은 내게 어디를 다녀왔냐고 물었다. 뭐라 대답할까 고민하다 직구를 던졌다.

"아버지가 혜진이 찾기를 포기한대요. 전 혜진이 찾기를 시작했어요."

선생님에게 혜진이 이야기를 하는 건 처음이다. 선생님은 눈을 빛내며 내게 얼굴을 더 디밀었다. 보통의 사람들은 이런 화제를 불편해했지만 선생님은 전혀 아니었다. 심심하던 차에 잘됐다는 표정이었다.

"어디서 찾으려고?"

"일단 혜진이 물건을 다시 찾아 모을 거예요. 사진이나 그런 것들. 기억할 수 있는 것들."

"박물관을 세우겠다는 거구나."

"그리고 실종 전단지 이제 제가 돌릴 거예요."

"어디서 돌릴 건데?"

"어디서건요."

"잘 생각했다. 네가 하는 게 맞아. 아버지도 바쁘신데."

예상과 다른 반응에 당황했다.

"나도 시간 날 때 같이 가 줄게."

"괜찮아요."

"고양이 손이라도 빌리는 게 좋을걸."

무슨 꿍꿍이인지 선생님은 학교에 가지 않은 이유도 더 이상 묻지 않고 내 생각을 필요 이상 지지해 줬다. 조금 기뻤고 조금 찝찝했다.

"주말에 개 좀 맡아 줘야겠다. 상부상조의 의미로."

"개를 왜요? 저 안 돼요. 누구 만나기로 했어요."

"데리고 가면 되잖아. 내가 어딜 좀 다녀와야 해서 돌볼 사람이 없어."

절대 안 될 건 없지만 상부상조라는 말은 마음에 들지 않는다. 개를 바라보니 새까만 눈동자로 나를 바라보며 꼬리를 살랑살랑 흔든다. 사실 개를 맡는 건 싫지 않다. 나는 마지못한 듯 알겠다고 했다. 선생님은 싱글벙글 웃으며 사료와 패드를 챙기러 갔다.

왠지 개를 맡기려고 내 말에 무조건 호응해 준 것 같다. 당했다.

‹ 빛나 ›

"아주 중요한 이야기가 있어. 놀라지 마."

빛나의 엄마는 만나자마자 이렇게 말했다.

불안해 보이는 빛나 엄마의 눈빛은 나까지 불안하게 만들었다. 빛나 엄마는 빛나의 손을 꽉 쥐고 있었다. 빛나는 뭔가를 급하게 먹다가 목에 걸린 것 같은 표정으로 나를 한번 쳐다보고 개를 한번 쳐다봤다.

하얀마을의 놀이터에서 우리는 만났다. 개를 데리고 가야 해서 실내로 들어가기 어려웠다. 개는 작은 배낭에 넣어 앞으로 멨다. 여기 오는 내내 지나가는 사람들의 눈길을 한 몸에 받았다. 머리만 쏙 내민 개에게 사람들은 흐뭇한 미소를 던졌다. 이렇게 귀여운 애를 누가 버렸다고요, 하고 외치고 싶은 마음이 들 정도였다.

얇은 클리어파일을 내게 넘겨주며 빛나 엄마는 내 눈치를 살폈다. 파일을 살짝 들춰 보니 혜진이 사진들과 그림들이 끼워져 있었다. 바로 펼쳐 볼 자신이 없어 감사하다 인사하고 가방에 넣었다.

"뭘 좀, 마실래? 음료수라도? 아니면 아이스크림 먹을래?"

괜찮다고 했다. 중요한 이야기가 있다고 하고 자꾸 뜸을 들인다. 긴장한 채로 벤치에 앉아 개를 끌어안고 빛나 엄마의 눈을 똑바로 바라봤다. 전 이렇게 들을 준비가 되었단 말이에요.

"빛나가…… 사실 혜진이 일을 몰랐어. 그때 너무 어려서 이해가 힘들기도 했고……. 그래서 그냥 이사 갔다고 했어. 어제서야 물건 찾는다고 이야기를 해 줬거든. 그런데 빛나가 너무 놀라운 이야기를 해서. 나도 처음엔 믿지 않았는데 빛나가 거짓말할 애도 아니고…… 이런 걸로 거짓말할 이유도 없고……."

"무슨 이야기를 했는데요?"

"빛나가 혜진이를 봤대. 최근까지."

엄청난 충격에 말이 나오지 않았다. 가빠지는 호흡을 조절하며 빛나를 바라보고 진짜냐고 물었다. 네가 몇 살이건 상관없이 거짓말이면 가만두지 않겠다는 의미가 담긴 표정과 목소리로.

"응! 혜진이 이사 가고 나서 놀이터에서 혜진이 봤어. 같이 놀기도 했어."

"빛나랑 혜진이랑 제일 친했던 건 알고 있지? 근데 그…… 사건 이후로도 둘이 만나서 놀았다는 거야. 어디서 뭐 하고 놀았는지도 다 기억하고."

빛나 엄마가 말을 덧붙였다.

"난 그냥 혜진이가 가까운 데로 이사 가서 가끔 놀러 오는 줄 알았어. 나랑만 논 거 아니고 다른 애들이랑도 같이 놀았어."

"최근에 봤다는 건 언제야?"

더 기다리지 못하고 내가 끼어들었다.

"한 일주일 전쯤?"

자동차에 치인 것처럼 모든 감각이 산산이 바스러졌다. 어지럽고 산소가 부족한 것처럼 느껴졌다. 까마득하다. 귀가 쿵쿵 울린다. 벌떡 일어섰다가 다시 주저앉았다. 몸을 어떻게 움직여야 할지 모르겠다. 진정해야 한다고 스스로에게 중얼거리면서 크게 심호흡을 했다.

"괜찮니?"

빛나 엄마가 물었다. 나는 고개를 끄덕였다. 잠시 개를 끌어안고 호흡이 원래대로 돌아오길 기다렸다.

"초등학교 올라오고 나도 친한 친구들이 생겨서 혜진이를 놀이터에서 봐도 같이 안 놀게 됐어. 그냥 인사만 하다가 나중에는 인사도 안 하고……. 그래도 혜진이는 가끔 이 동네에 왔어. 여기 이 자리에도 앉아 있었어."

빛나의 말 한 마디 한 마디가 감당하기 힘들어 멘탈이 유리컵

깨지듯 아작나는 기분이다. 빛나 엄마는 내가 울 것 같았는지 가방에서 물티슈를 꺼내 건넸다. 울지는 않는다. 다만 눈꺼풀을 미친 듯이 깜박이고 있다. 모든 순간이 눈꺼풀 안에서 분절된다.

"혜진이는…… 어떤 모습이었어?"

"혜진이는 그냥…… 똑같았는데?"

"하나도 변한 것 없이?"

"나처럼 키가 좀 컸고 머리는 짧았어."

"혼자였어?"

"응. 혜진이는 항상 혼자였어."

공기 중에 비현실적인 분위기가 감돌았다. 빛나 말이 거짓말일 수도 있다. 하지만 정말 만에 하나 사실이라면? 일단 이 이야기를 들은 이상 듣기 전으로는 절대 돌아갈 수 없다. 빛나는 혜진이를 일주일 전까지 간간이 봤다. 혜진이가 사라진 이후 들은 말 중 가장 희망적인 말이었다. 희망적이고 믿을 수 없는. 믿을 수 없게 희망적인.

다시 오후의 놀이터를 찬찬히 바라봤다. 여기에, 이 장소에, 이 의자에 혜진이가 나타났다고? 설령 그게 혜진이의 유령이라 할지라도 만나야 한다. 찾아야 한다. 나는 빛나에게 혜진이를 마지막으로 본 정확한 날짜와 시간과 장소를 물었다. 마지막으로 본 건 일주일 전 오후 세 시쯤. 혜진이는 빛나가 아파트 입구의 편의점에서 뭔가를 사고 있는데 창밖으로 지나갔다고 했다.

"그냥 그렇게 지나갔어. 내가 계산하다 우연히 돌아봤는데 혜진이가 지나갔어. 그게 다야."

"현수야, 많이 놀랐겠지만 빛나가 정말로 어제까지 혜진이 실종을 몰랐어. 이야기를 해 주니까 너무 놀라고 무섭다고 울어서 달래는 데 한참 걸렸어. 밤새 고민하다 너한테 이야기하는 거야. 물론 말이 안 된다는 건 나도 알아. 그런데 내가 몇 번이고 빛나한테 물어봤어. 이런 일로 거짓말하면 어떻게 되는 줄 아냐고."

"엄마는 나를 뭘로 보고 자꾸 그런 말을 해?"

"빛나야 미안해. 엄마도 좀 많이 놀라서……. 엄마는 우리 빛나 말 믿어."

잠시 렉이 걸렸던 머리가 조금씩 돌아가기 시작하자 어떻게 해야 하나 고민이 됐다. 경찰에 알리는 것과 아버지에게 알리는 것 중 아버지에게 알리는 게 좀 더 맞는다고 여겨졌다. 아버지와 대면하기는 싫지만 이건 다른 문제다.

"오빠, 강아지 좀 만져 봐도 돼?"

안고 있던 개를 내려놓았다. 개를 쓰다듬는 빛나에게 목줄을 쥐여 주었다. 이곳저곳 냄새를 맡는 개를 따라 빛나는 미끄럼틀 쪽으로 갔다.

"일단 아버지한테 말씀드리고…… 다시 연락드릴게요."

"그래. 뭐가 어떻게 돌아가는지 나도 모르겠지만…… 혹시 모르니 여기 놀이터에서 잘 지켜볼게."

"파일도 감사합니다."

"뭘 그런 걸 가지고……. 예전에 혜진이가 우리 집에 워낙 자주 왔잖아. 혜진이 얘기 듣고…… 너무 놀랐던 게 엊그제 같은데……."

빛나 엄마는 말끝을 흐렸다. 어색한 침묵이 흘렀다. 이야기를 마쳤는데 빛나가 돌아오지 않았다. 저쪽에서 한 무리의 아이들과 쪼그려 앉아 개를 보고 있었다. 아이들은 왜 모두 개를 좋아하는 걸까. 개를 쓰다듬고 눈빛이 환하게 바뀌던 빛나의 얼굴은 인상적이었다. 혜진이도 빛나처럼 개를 좋아했을 텐데. 서로 개가 든 배낭을 멘다고 싸웠을 거다. 여기 어딘가에서 혜진이는 나를 몰래 지켜보고 있는 거 아닐까. 뜬금없이 그런 생각이 들었다. 그리고 금방 우울해졌다. 완벽한 아파트에 완벽한 놀이터, 완벽한 엄마와 완벽한 딸, 완벽한 가정, 완벽한 일상. 나만이 이곳에 속해 있지 않다. 이곳은 나처럼 심하게 훼손된 존재와 어울리지 않는다. 떠나왔고 영원히 돌아갈 수 없다.

"이제 가 볼게요."

휴대폰을 보고 있던 빛나 엄마가 화들짝 일어났다. 빛나 엄마는 "빛나야, 빛나야!" 하고 빛나를 불렀고 나는 "개야, 개야!" 하

며 개를 불렀다. 무슨 강아지 이름이 그러냐고 빛나 엄마가 웃었
다. 빛나 엄마의 얇은 원피스 자락이 바람에 나풀거렸다. 빛나 엄
마가 머리를 움직일 때마다 꽃향기 같은 샴푸 냄새가 났다. 나
는 엄마가 보고 싶어졌다. 지금의 누워 있는 엄마가 아닌 몇 년
전의 엄마가.

개를 배낭에 넣고 떠나려는데 빛나 엄마가 내 어깨를 꽉 끌어
안았다.

"아줌마는 혜진이 찾을 수 있다고 믿어."

떠나는 내 뒤에서 빛나와 빛나의 엄마는 오래오래 손을 흔들
었다.

‹ 비밀 상호주의 ›

수사가 재개되었다. 아버지는 내 전화를 받자마자 일하던 도중 집으로 돌아왔다. 아버지로서도 믿기엔 어렵지만 외면할 수도 없는 이야기였다. 밤늦게까지 경찰과 길게 통화한 아버지는 날이 밝자마자 담당 형사와 함께 하얀마을로 향했다. 나도 가고 싶었지만 어른들이 껴 주지 않았다.

초조한 마음에 아무것도 손에 잡히지 않았다. 경찰과 통화할 때 격앙되어 소리 지르던 아버지 목소리가 계속 맴돌았다. 이번에도 꾸물거리고 바보처럼 행동하다 놓쳐 버리면 가만히 있지 않을 거라고 했다. 혜진이의 이야기를 기사화했던 기자들과 '그것이 알고 싶다' 작가에게 당장 전화할 거라고 했다. 휴일임에도 CCTV 감식과 수색이 유례없이 빠르게 진행되었다. 허황된 제보라고 무시당할까 걱정했는데 언론이 무섭긴 무서운가 보다.

어제 아버지에게 빛나 엄마의 전화번호를 넘기고 빛나 엄마에게 받은 클리어파일을 건넸다. 아버지는 한참 동안 사진 속 혜진이 얼굴만 들여다봤다. 우리 둘 다 아무런 말을 할 수 없었다.

빈집에서 개와 함께 하염없이 시간을 견뎠다. 낯선 장소에 오자 개는 나만 따라다녔다. 화장실에 가면 문 앞에 쪼그리고 앉아 나를 기다렸고 내가 누우면 옆에 따라 누웠다. 늘 나만 있던 공간에 개와 함께 있으니 낯설고 이상했다. 공간 자체도 생경해진 느낌이었다. 방의 냄새나 공기의 흐름 그런 것들이 미묘하게 달라졌다. 까만 눈동자 한 쌍이 나를 따라다녔고 눈을 감고서도 나는 개의 시선을 느낄 수 있었다.

"뭘 그렇게 쳐다보는 거야?"

개에게 묻자 개는 대답 없이 내 얼굴을 핥았다. 축축하고 미지근했다. 살아 있는 것의 온도와 냄새였다.

"개야."

개를 부르자 개가 '컹!' 하고 짖었다. 자기 이름이 개라는 것을 이제는 아는 모양이었다. 조금 더 나은 이름을 지어 줄 걸 조금 후회가 됐다. 하지만 또 너무 좋은 이름을 지어 줬다가 정이라도 들어 버리면 안 될 일이다.

개를 바라보다 나도 모르게 잠이 들었나 보다. 개가 짖는 소리에 깨어 보니 눈앞에 온통 딸기 잼을 뒤집어쓴 개가 혀를 날름거리고 있었다. 개의 얼굴과 앞발, 가슴뿐 아니라 바닥 여기저기 딸기 잼이 잔뜩 묻어 있었고 딸기 향이 온 집 안에 진동했다. 뚜껑을 대강 덮어 둔 식탁 위 딸기 잼을 개가 다 먹었다.

"너 뭘 먹은 거야?"

내가 주둥이를 툭툭 건드리며 묻자 뭔가 잘못되었음을 알았는지 개는 가구 밑으로 후다닥 도망갔다. 그러나 머리통까지밖에 들어갈 수 없었다. 적이 다가오면 머리만 숨긴다는 타조처럼 개는 가구 밑에 머리를 박고 낑낑 울었다. 어이가 없어서 헛웃음이 나왔다. 바람 빠지는 것처럼 픽 웃음을 내뱉자 긴장으로 올라갔던 몸속의 기압이 살짝 떨어졌다. 화장실에 데려가 끈적이는 개의 입과 앞발을 닦으며 나도 모르게 또 조금 웃었다. 이런 때에 혼자가 아니어서 다행이라는 생각이 들었다.

선생님에게 전화를 걸었다. 언제 돌아오시느냐 물으니 점심때쯤 도착한다고 하기에 개를 데리고 센터로 향했다. 개에게서는 닦아도 닦아도 딸기 향이 났다.

주말의 센터는 한산했다. 개를 마당에 풀어 놓고 사료를 챙겨 주고 패드를 갈아 주고 더워하는 것 같아 목욕도 시켰다. 그래도 시간은 잘 가지 않았다. 한낮의 태양은 점점 더 뜨거워지는 중이었다. 여름이 다가온다. 내가 제일 싫어하는 계절.

그늘에 앉아 멍하니 개만 바라보고 있는데 인기척이 났다.

"학교는 안 나오면서 센터는 나오네?"

수민이였다. 수민이는 개에게 다가가 "현수야, 현수야." 하고 불렀다.

"개한테 현수라고 부르지 말라니까."

"알았어, 개야. 아니, 현수야."

수민이는 킥킥 웃으며 무거워 보이는 가방을 바닥에 아무렇게나 던졌다.

"나 가출했잖아."

"뭐?"

"엄마가 주말에도 학원을 가래. 진짜 학원에 미친 아줌마야."

수민이는 옆에 털썩 주저앉았다. 장난스러운 말투와 다르게 기운 없는 몸짓이었다. 마음이 어지러워 대화하고 싶지 않은 마음 반, 아무 이야기라도 하며 시간을 보내고 싶은 마음 반이었다. 나는 후자를 택했다.

"너네 부자야?"

"왜, 내가 고급져 보여?"

"아니, 학원을 많이 다닌다며. 돈이 많아야 학원도 다니지."

"우리 엄만 의식주보다 학원에 돈을 더 써. 집은 월세를 살고 김밥천국 이상 외식은 꿈도 못 꾸는데 학원은 제일 좋은 데로 보내."

"엄마가 교육열이 높으시네……. 근데 센터에는 왜 나오는 거야?"

"우리 한부모가정이거든. 여기 등록하면 밥도 주고 독서실비도 절약되고 뭐…… 겸사."

아무 구김살이 없을 것 같은, 심지어 약간 '고급져' 보이기까지 하는 애한테 그런 사정이 있다니 의외다.

"다음 주도 줄줄이 결석 예정?"

수민이는 나를 빤히 쳐다봤다. 전부터 느낀 건데 지나치게 사람 눈을 똑바로 쳐다보는 애다.

"학교에 소문이 파다해. 네가 정신병원에 갔다, 미쳤다, 자살 시도했다……."

너무 해맑게 저런 말들을 늘어놓는다.

"학교 안 나올 거야? 계속? 최종 학력 초졸?"

"……나도 몰라. 생각 중이야."

"학교 안 보내면 너네 부모님 감옥 가. 중학교는 의무교육이야."

"웃기지 마. 검정고시 보면 돼."

"속아 넘어가지 않다니 바보는 아닌가 보군."

수민이의 화법에 약간 짜증이 났다. 하지만 수민이는 전혀 개의치 않는 모습이다. 별로 궁금하지 않은 수민이의 학교생활에 대해 영혼 없이 듣고 있는데 선생님이 나타났다.

"아이쿠, 이거 미안합니다."

선생님이 우리 쪽으로 오다 말고 도로 되돌아가는 시늉을 했다.

"뭐 하시는 거예요?"

"데이트를 방해하면 안 되지."

이 사람이나 저 사람이나 다들 나사가 빠진 것 같다.

선생님과 수민이와 함께 점심을 먹었다. 하지만 한 시간도 채 지나지 않아 화장실에서 모두 게워 냈다. 소화불량에 시달리는 건 이제 일상이라 그러려니 한다. 다만 이대로라면 영원히 어디서든 번호 1번일까 두렵다.(신기하게도 조금씩은 자란다. 아주 조금씩.) 걱정이 되어도 방법은 없다. 배가 고프니 먹긴 먹어야겠고 먹고 나면 몸이 거부한다. 배고픔을 조절하는 건 뇌의 시상하부라는데, 그 녀석과 내장 기관이 아주 돌이킬 수 없는 불화를 겪고 있는 것 같다. 차가운 물을 조금씩 마시며 쓴 입 안을 헹궈 냈다. 물에서도 담즙의 맛 같은 게 났다.

오후가 되어도 시간은 더디게 흘렀다. 시간의 흐름이 어디선가 막혀 버린 게 아닐까 걱정이 될 만큼. 가출을 외치던 아까의 기세와 다르게 수민이는 축 처져서 자습실 의자에 널브러져 있었다. 개는 당직실에서 잠이 들었고 선생님은 이어폰도 안 낀 채 휴대폰으로 뭔가를 시청하고 있다. 확인해 볼 것도 없이 서프라이즈였다. 서프라이즈 918회, 허리케인으로 집을 다섯 번이나 잃은 불운한 미국인 멜라니. 허리케인 벳시, 후안, 조지, 카트리나, 아이작이 매번 집을 부수거나 침수시킨다. 이사를 가는 곳마다 따라오는 지독한 불운. 그걸 바라보고 있는 선생님의 눈빛은 어딘지 멍했다. 신과 교신하는 것 같지도 않다. 그저 여기에 있지 않은 마음이 느껴졌다. 내 마음 역시 멀리서 헤매고 있어서인지 쉽게 알아볼 수 있다. 이곳의 세 사람 모두 몸은 이곳에 두고 마음은 저 우주 어딘가로 탐사선을 태워 내보낸 것 같다.

선생님과 나란히 앉아 멍한 눈으로 흘러가는 화면을 바라봤다. 마지막으로 덮친 허리케인의 이름 아이작은 공교롭게도 키우던 고양이의 이름이어서 멜라니는 고양이의 이름을 바꿨다고 한다. 자신에게 도착한 불운과 같은 이름을 가진 고양이를 키울 수는 없겠지. 그래, 충분히 이해가 간다. 서프라이즈한 이야기는 그렇게 끝났고 나는 선생님이 중얼거리는 소리를 들었다.

"어리석은 사람."

"네?"

"멜라니, 어리석어."

선생님은 고개를 좌우로 흔들고 혀까지 차며 멜라니를 타박했다. 선생님의 탐사선이 막 본부에 돌아온 참이었다.

"뭐가요? 고양이 이름 바꾼 거?"

"전부 다. 집이 무너졌다고 다른 지역으로 이사를 다니고, 고양이 이름을 바꾸고."

"그게 왜 어리석어요?"

"그렇게 도망만 다니면 불운은 더 커지기만 하지."

"그럼 허리케인을 피해 다녀야지, 뭐 맞서 싸워요?"

"이놈 중간이 없네. 피하거나 맞서는 것만 방법인가. 가만히 있는 거지."

"가만히…… 있으라고요?"

상당 기간 정상인으로 보였던 선생님이 다시 이상한 말을 하려고 한다.

"너, 불운의 속성이 뭔지 알아? 피하고 숨으면 더 찾아다녀. 자기를 의식하는 사람들한테 애정을 가지고 있거든. 아주아주 외로운 놈이야 그거."

"무슨 소리 하시는 거예요?"

"내 말 잘 들어."

선생님은 몸을 내게로 기울이고 목소리를 낮췄다. 인생의 엄청난 비밀이라도 알려 준다는 듯이. 그 비밀에서는 땀 냄새와 점심에 먹은 된장찌개 냄새가 났다.

"불행이 다가오면 움직여선 안 돼. 반응하지 말고 아무 일도 없는 것처럼 행동하는 거지. 아침밥 먹고 점심밥 먹고 저녁밥 먹고.

최대한 그대로 지속하는 거야. 모든 것을. 알겠어?"

도망치지 않아야 도망칠 수 있다고 선생님은 덧붙였다. 아무렴. 그저 조금만 떨어져서 말해 주면 더 좋을 것 같다.

"그러니까 학교를 가라."

갑자기 선생님은 그렇게 말했다. 푸헉, 마시려던 물을 뿜었다. 방심했다.

"그렇게 도망 다니다간 불행의 편애를 한 몸에 받게 될 일밖에 없어."

"얘기가 왜 거기로 튀어요?"

"일상을 지속하라. 2차 세계대전 표어 같은가."

"재미없고요."

"내가 요새 제일 자주 통화하는 게 너네 아빠야. 현수가 밥은 잘 먹냐, 우울해 보이냐, 센터에 친구는 있냐……."

이제 센터마저도. 도망갈 곳이 없다. 내게 별 관심이 없어 보였던 선생님은 내 일거수일투족을 보고하는 스파이였다. 헛웃음이 나왔다. 벌떡 일어나 가방을 쌌다.

"또 도망가게?"

"아이 씨, 아저씨가 뭘 알아요? 진짜 선생님도 아니면서."

말이 곱게 안 나왔다. 마음속에 멜라니를 덮친 허리케인이 휘몰아치려고 하고 있었다.

"아빠는 그 상황에서 그런 말을 할 수밖에 없었던 거야."

"뭐라고요?"

나는 두 손으로 선생님이라 불렀던 그 남자의 멱살을 잡았다. 왜소하기가 나와 비슷했다. 태어나 처음으로 잡아 보는 누군가의 멱살이었다. 당연한 말이지만 정상적인 중학생이라면 어른의 멱살을 잡아 본 경험 따위 없을 거다. 훗날 떠올려 본다 해도 너무 비현실적이라 믿기 힘든 장면이었다.

그때 찰싹 소리와 함께 따끔한 느낌이 들었다. 수민이였다. 팔을 아주 세게 얻어맞았다.

"선 넘지 마, 최현수."

"선은 이 사람이 먼저 넘었거든."

"네가 훨씬 더 넘었거든. 급발진 누가 했는데?"

"난 괜찮아 얘들아. 내가 언제 또 멱살을 잡혀 보겠어. 기념사진이나 찍어 줘."

수민이는 정말로 사진을 찍으려는지 휴대폰을 가져왔다. 바보 같은 기분이 들어 손에 힘이 탁 풀렸다. 둘 다 사이코다.

의자에 털썩 주저앉았다. 마음속 허리케인은 어느새 한 줌 바람으로도 남지 않았다.

"역시 중2병이 무서운 것 같아요."

"사진은 못 찍었지?"

"5초만 더 잡고 있으면 찍었는데……."

둘은 그렇게 한참 말도 안 되는 만담을 하며 대화꽃을 피웠다. 하긴 나 같아도 이 키에 이 몸무게에 이 팔뚝을 가진 애한테 멱살을 잡히면 웃음밖에 안 나올 것 같았다. 스멀거리던 창피함이 화를 밀어내고 고개를 들었다. 나는 엎드린 채 머리를 마구 쥐어뜯었다.

어느새 창밖의 해가 붉게 바뀌었다. 둘은 조용해져 있었다. 뭉개진 햇빛은 밀물처럼 자습실로 흘러 들어왔다. 그리고 유난히 길게 우리의 머리 위로 드리워졌다.

"내 딸 이름은 혜원이야."

가라앉은 목소리로 선생님은 입을 열었다.

"자식을 포기할 수 있는 아빠는 없어. 현수 너도 알게 될 거야."

"……하지만 아버지는 이제 혜진이를 찾지 않을 거라고 했어요. 갑자기 생각지 못한 제보가 들어오긴 했지만 별 진전이 없으면 아버지는 또 혜진이를 포기하겠죠."

"혜진이도 아빠의 자식이고 너도 아빠의 자식이야."

"전 필요 없어요."

"불운으로 모두가 다 망가지기 전에, 아침 점심 저녁을 챙겨 먹는 삶을 되찾으려는 것뿐이야. 초조해할 것 없어."

모호한 말을 또 한다. 알지도 못하면서. 그런데 아까처럼 화가 나진 않는다. 그냥 그 목소리가 너무 부드러워서, 너무 단단해서, 너무 아버지 같아서, 너무 믿고 싶어서.

수민이가 내 어깨에 손을 올렸다. 뭔가 장군 같은 자세로. 패잔병이 된 심정에 아주 조금 위로가 되었다.

어두워진 골목길에 덫처럼 놓인 검은 그림자를 밟으며 수민이와 집으로 향했다. 수민이도 나도 언젠가 반드시 집으로 갈 수밖에 없었다. 골목길은 조용했고 세상 사람들이 우리 모르게 싹 사라져 버린 건 아닌가 싶도록 텅 비어 있었다. 수민이는 말이 없었다.

"들어가면 엄마한테 혼나냐?"

수민이의 침묵이 너무 낯설어 말을 걸었다. 발끝만 바라보며 걷던 수민이는 대답하지 않았다. 잠시 후 뜬금없는 말을 했다.

"이 세상은 거대한 마트고 난 잊힌 재고품 같다는 생각을 자주 해. 구석에 처박혀서 먼지만 쌓이고 있는데 마트 사장님은 나의 존재도 모르는 거야."

"마트 사장님?"

"마트 사장님은 신이지. 하나님 같은. 암튼 나는 출시된 지 얼마 되지도 않은 물건인데 잘못된 장소에 잘못 놓여서 누구의 눈에도 띄지 못하고 닳아만 가고 있는 중이야."

"좋은 상황이 아니네."

"멍청한 신 같으니라고."

"다른 마트로 옮겨."

수민이는 웃지 않고 그저 나를 힐긋 바라봤다.

"너는 그런 생각 든 적 없어?"

"지금 네 이야기를 들으니까, 나도 네 근처 어딘가 누워 있는 재고품 같단 생각이 든다."

동병상련의 감정이 들었다. 정말로. 신에게서 소외된 비인기 품목 제2인으로서.

"나한테 혜진이 이야기, 해 줄 수 있어?"

갑자기 훅 들어온 말에 놀랐으나 이상하게도 불쾌하지 않았다. 수민이는 걸음을 멈추고 골목 어딘가에 기대 나를 바라보고 있었다. 마치 네 인생에 끼어들 준비가 되어 있다고 말하는 것 같았다. 어쩌면 단순히 집에 들어가는 시간을 늦추기 위해 그러는 것일지도 몰랐다. 하지만 나는 혜진이에 대해 말하기 시작했다.

여름의 짧았던 휴가, 그날의 바닷가, 손을 잡고 있던 아버지와 엄마, 푸른 원피스, 스누피 인형, 로비에서 났던 방향제의 냄새, 쿠키런, 경찰들, 기자와 뉴스와 댓글과 전단지와 소주병에 관한 이야기들. 한번 이야기를 시작하니 멈출 수 없었다. 나는 혜진이가 어떤 아이였는지에 대해서도 이야기했다. 날마다 달라진 수많은 이름들, 분홍색보다 파란색을 좋아했던 것, 장수풍뎅이를 손으로 잡을 수 있었던 것, 우엉이나 고사리 같은 나물류를 좋아해서 할머니 식성이라고 놀림받은 것, 여름마다 매미 껍질을 모았던 것, 아이스크림은 민트초코만 먹은 것, 좋아하는 숫자송이 나오면 아무 데서나 춤추고 노래한 것, 몇 시간이고 지치지 않고 숨바꼭질을 했던 것, 줄넘기를 잘했던 것, 동물이나 바람 소리를 똑같이 흉내 냈던 것, 목소리가 크고 움직임이 많아서 자주 가족들의 혼을 쏙 빼놓았던 것……. 얼마나 사람들을 웃게 만드는 아이였던지 그 애가 사라지고 이 세상에 웃을 수 있는 일들이 더 이상 하나도 남지 않은 것에 대해 이야기했다. 수민이는 내 말을 하나도 놓치지 않고 들었다.

그것은 마치 아주 곪아 버린 상처를 처음으로 열어 보여 주는 행위와 비슷했다. 피와 고름이 범벅된 상태로 그 위를 덮어 버린 무언가와 딱 달라붙은 지 오래된, 딱지가 앉지 못한 상처. 나는 처음으로 그것을 마주했다. 생각지도 못했던 인물과 함께.

긴 이야기를 마치고 나는 한참 가만히 있었다. 어쩐지 몸을 움직일 수 없었다. 전력을 다해 달린 기분이 들었다. 수민이도 말이 없었다. 누구에게 이렇게 긴 이야기를 해 본 적이 없다. 특히나 혜진이 이야기는 더더욱 그랬다. 초등학교 때부터 내 주변의 모든 이들이 나와 혜진이에 대해 알고 있었지만 직접적으로 물어 온 적은 없었다. 수민이가 처음으로 내게 혜진이에 대해 물었고 나는 대답했다. 어쩌면 말하는 사람보다 듣는 사람의 준비가 더 필요한 종류의 이야기였을지도 모른다.

그리고 바람이 불었다. 장마를 알리는 습한 바람이었다. 그 미지근하고 습한 공기는 내가 꺼내 놓은 말들 위를 지나갔다. 가만히 그 장면을 바라봤다. 수민이의 휴대폰과 내 폰이 번갈아 가며 울려 댔지만 누구도 전화를 받지 않았다. 섣불리 말하거나 움직이면 공기가 조각조각 깨어져 버릴 것 같았고 거기에 베일 것 같았다.

어느 정도 시간이 지나자 내 안과 내 바깥의 압력이 점차 균형을 이루며 낮아지는 게 느껴졌다. 나는 긴 한숨을 쉬었다. 신호처럼 수민도 나를 따라 한숨을 내쉬었다.

"나는 쌍둥이 오빠가 있어. 아빠가 데려갔어."

아주 낮고 작은 목소리로 수민이가 말했다.

"엄마는 나를 키우고 아빠는 오빠를 키워. 엄마는 반드시 내가 개보다 잘되어야 한다고 말해. 안 그럼 자살해 버릴 거라 그랬어. 아빠와 엄마는 우리를 한 명씩 데려가서 무슨 품종견 대회 우승이라도 시키려는 것처럼 경쟁해."

수민이는 화면에 찍힌 무수한 부재중 전화를 확인하고 폰을 다시 주머니에 집어넣었다.

"근데 엄마는 몰라. 걔랑 헤어지고 내가 반만 남아 버렸다는 거. 의지도 희망도 감정도, 좋아하는 것들과 싫어하는 것들, 심지어는 입맛까지도. 반쪽짜리 존재가 되어 버린 것 같아. 걔도 그런지 물어보고 싶어서 걔가 사는 동네에 찾아가 봤어. 근데 말도 못 하고 도망쳐 왔잖아."

수민이는 그렇게 말하며 숨죽여 킬킬 웃었다. 하지만 나는 위장이 끊어지는 것 같은 날카로운 통증을 느꼈다. 그건 분명 수민이로부터 전이된 감각이었다.

"걔 이름이 유민이거든. 수민유민, 오랫동안 이렇게 한 세트였는데 이젠 만나지도 못해. 얼룩덜룩, 와리가리 같은 단어가 다시는 함께 불리지 못하는 것처럼. 이제 얼룩이, 덜룩이, 따로따로 쓸모없는 단어가 된 거지."

나는 수민이를 바라봤다. 수민이는 계속 웃는 표정으로 농담처럼 말을 이었다.

"자매어로 밍숭맹숭, 싱숭생숭, 아롱다롱 등이 더 있지."

"가 보자, 같이. 네가 못 물어보겠으면 내가 물어봐 줄게."

나도 모르게 그렇게 말해 버렸다. 내 입에서 그런 말이 나올 줄은 몰랐다.

"정말? 언제?"

예상 못 한 듯 수민이의 눈이 동그랗게 커졌다.

"언제든 네가 원할 때."

말이 앞서긴 했지만 어린이집 원장 선생님도, 빛나 엄마도 만나러 갔었는데 뭐가 어려운가 싶었다.

"사실 너, 유민이랑 얼굴 엄청 닮았어. 그래서 볼 때마다 말을 안 걸 수가 없었어."

나와 닮은 수민이의 반쪽이라니, 잘 상상이 안 됐다. 그래도 궁금한 마음이 들긴 했다.

"안 닮았으면 오만 원."

내 말에 수민이가 또다시 작게 웃었다. 그러곤 곧바로 아주 진지한 표정으로 말했다.

"비밀 상호주의에 입각하여 네 이야기를 들었고 내 이야기를 했어. 오늘 이야기하고 들은 건 우리 둘에게만 속한 거야. 알았지?"

고개를 끄덕였다. 너는 오빠를 잃었고 나는 동생을 잃었어. 더 이상의 무슨 동맹이 필요하겠어.

"근데 우리 왜 이렇게 작게 이야기해?"

텅 빈 골목길에서 우리는 아까부터 거의 속삭이듯 이야기하고 있었다. 수민이는 당연한 걸 물어본다는 표정으로 대답했다.

"비밀은 원래 속삭이는 거야."

"왜?"

"안 그러면 도망가 버리니까."

그랬구나. 오늘 나는 수민이에게 비밀을 말하는 방식을 배웠다. 내친김에 타인의 슬픔에 반응하는 나의 소화기관에 대해 이야기했다. 수민이는 눈을 동그랗게 뜨고 완전 마더 테레사라며 '세상에 이런 일이'에 제보하자고 했다.

"타인의 고통과 아픔을 내 것처럼 느낀다니 얼마나 멋진 능력이야?"

못 먹고 토하는 괴로움에 대해 말하자 그럼 혼자 있을 때 더더 많이 먹으라고 조언해 줬다. 나는 고맙다고, '세상에 이런 일이'에 대해서는 생각해 보겠다고 대답했다.(그러나 서프라이즈로도 차고 넘치는 일상이었다.)

수민이를 데려다주고 나는 다시 집으로 향했다. 시간이 고장 난 것처럼 길고 긴 하루였다. 누군가의 멱살을 처음 잡아 봤고 누군가와 처음으로 비밀을 주고받았다. 하지만 아직도 끝나지 않았다. 오늘 하루 아버지가 얻은 것은 무엇인지 알아내야 할 시간이다.

일상 게시판 > [우리들의 수다]

좀 전에 103동 놀이터에 경찰 깔린 거 보신 분?(질문 아님)

수리수리마수리 20XX. 06.11. 13:07 조회 860

경찰 온 거 보셨어요?

아파트 전체에 한 몇십 명은 돌아다니는 것 같던데

어떤 엄마는 시신을 찾는 중이라 그러고

경찰한테 물어보니 아니라고 하던데요.

애기 사진 보여 주면서 혹시 본 적 있는지 물어보더라고요.

몇 년 전에 실종된 혜진이라고 하던데

바닷가에서 잃어버린 거 아니었어요?

뭘 물어봐도 정확하게 말을 안 해 줘여ㅜ

무슨 일인지 잘 모르겠지만 얼른 찾게 되면 좋겠어요.

마음이 너무 아파요ㅜㅜ

댓글 58 >

모닝디톡스 20XX. 06.11. 13:09 답글 쓰기

저도 봤어요. 어린이집에도 오늘 경찰들 왔었대요. 전에 우리 아파트에

살았던 아이 관련해서 재수사한다고 해요.

ㄴ 수리수리마수리 20XX. 06.11. 13:15 답글 쓰기

몇 년은 지난 것 같은데 지금 와서 갑자기 왜 재수사를 할까요?

율맘90 20XX. 06.11. 13:11 답글 쓰기

아는 분이 경찰에 계신데 혜진이 사건 아빠가 범인인데 증거가 없어서 잡히지 않았다고 해요. 전에 살던 그 집이랑 주변 다시 탐문해서 관련 증거 찾는 중입니다. 자세한 건 말씀 못 드리지만 몇 년 만에 중요한 증인이 나온 것 같다고 해요.

   ↳ **수리수리마수리** 20XX. 06.11. 13:15 답글 쓰기

   헐 정말요? 와 사람도 아니네요. 애만 불쌍하지. 어떻게 자기 애를 그럴 수가 있어요? 또 형량도 그지같이 나오겠죠? 진짜 대한민국에 태어난 게 죄인가 봐요.

톰톰스 20XX. 06.11. 13:12 답글 쓰기

저 오늘 경찰이랑 얘기했어요. 103동 놀이터에서 최근에 혜진이 본 적 있냐고 물으셨어요. 아직 살아 있으니까 그렇게 물은 거 아닐까요? 위엣분 그 정보 확실한 건가요?

   ↳ **수리수리마수리** 20XX. 06.11. 14:25 답글 쓰기

   맞아요. 저한테도 최근에 본 적 있냐고 물어봤는데…… 뭐죠?

신영공인중개 20XX. 06.11. 13:46 답글 쓰기

혜진이가 이 동네 출신이고 최근에 이 동네에서 봤다는 증인이 나와서 수사 중입니다. 고객분이 증인 측근이라 직접 들었어요. 그런데 증인이 나이가 어려서 경찰에서도 긴가민가하고 있는 상황이고 그렇다고 무시하기엔 일관되게 증언해서 수사하고 있는 중입니다.

   ↳ **수리수리마수리** 20XX. 06.11. 14:25 답글 쓰기

아, 그렇군요! 어쩐지……. 혹시 공인중개사분이세요? 저 뭐 좀 여쭤 볼 거 있는데 여쭤봐도 되나요?

    ↳ **신영공인중개** 20XX. 06.11. 14:26 답글 쓰기

    네, 쪽지든 챗이든 편하게 물어보세요!

        ↳ **수리수리마수리** 20XX. 06.11. 14:27 답글 쓰기

        챗 보냈습니다!

영혼의 단짝 20XX. 06.11. 14:41 답글 쓰기

이거 증언한 애 허언증이래요. 제 딸아이 친구 엄마의 지인 딸인데 원래 좀 그런 게 있었는데 이번 일로 정신과 치료받기로 했다 그러네요. 근데 애한테 뭐가 씐 거라는 말도 돌아요. 진짜 봤다고, 만나서 이야기도 했다 그러고 내용도 다 말하고 인상착의도 너무 잘 기억하고 있어서……. 굿 도 하고 정신과 치료도 받고 둘 다 해야 할 듯요……. 그 집 엄마 마음도 너무 힘들 거 같아요.

    ↳ **수리수리마수리** 20XX. 06.11. 15:11 답글 쓰기

    헐, 대박! 진짜예요???? ㅜㅜㅜㅜㅜ 어떡해요…….

다음 댓글 더 보기

녹 취 록

1. 녹 취 장 소	제보자 오빛나의 집
2. 녹 취 일 자	20XX년 6월 11일
3. 녹 취 자	박하나 경장
4. 제 시 자 료	음성 디지털파일(25분 58초)
5. 대 화 자	오빛나, 오빛나의 모 고연정, 박하나 경장
6. 청 취 불 능	(⋯) 으로 표시
7. 누 자 율	오탈자 포함 1% 미만
8. 문 서 매 수	표지 및 서문 포함 총 8매 (총 6,153자)

※ 본 문서는 녹취자 본인이 생산한 문서로 녹취 내용과 본 문서 내용이 일치합니다.
　단, 이해력 향상을 위하여 일부 불필요한 어구 삭제나 어순 정리가 이루어졌습니다.

······전략

박하나 경장   빛나가 처음으로 혜진이를 놀이터에서 본 게 언제야?

오빛나   계속 봤는데요?

박하나 경장   혜진이가 이사 간 줄 알았다고 했잖아, 그 뒤로도 계속 봤
다는 이야기인 거지?

오빛나   이사 갔다고 한 게 여름이잖아요. 되게 더울 때 말고 좀 안
더울 때부터 다시 봤어요.

박하나 경장   그럼 한 9월쯤부터? 혜진이 사건이 티브이에 많이 나왔었
는데 이상하다고 생각하진 않았어?

오빛나   저희 집에 티브이 없어요.

박하나 경장   그렇구나. 혜진이랑 만났을 때 무슨 얘기 했어?

오빛나   그냥 같이 놀았어요. 놀이터 다른 친구들이랑. 원래 어렸
을 때는 애들이 말을 잘 안 하잖아요. 숨바꼭질하고 잡기
놀이하고 그랬어요.

박하나 경장   혜진이는 어떤 모습이었어?

오빛나   그냥 똑같았는데요? 맨날 스누피 인형 안고 다니고······.

박하나 경장   스누피 인형?

오빛나   혜진이가 예전부터 스누피 되게 좋아했어요. 근데 얼마 전
에 봤을 때는 다 컸는데도 들고 다녀서 좀 이상해 보이긴

했어요. 이제 인형 들고 다니는 애들 없거든요.

박하나 경장   친구나 가족 얘기 같은 건 하나도 안 한 거야?

오빛나   안 했다니까요.

박하나 경장   이모가 자꾸 같은 거 물어봐서 미안해. 그래도 기억나는
거 아주 작은 거라도 다 말해 줘.

오빛나   아, 자기 원피스 예쁘냐고 물어봤어요. 이모처럼 자꾸 물
어봤어요.

박하나 경장   어떤 원피스였는지 기억나?

오빛나   그냥 파란 원피스였어요. 하늘색인가? 반팔이라 저녁에
좀 추울 거 같았어요. 예쁘다고 해 줬어요.

박하나 경장   그리고 그다음에 본 건 언제야?

오빛나   제가 어린이집 때는 놀이터에 거의 맨날 갔거든요? 근데
맨날 있지는 않았고 일주일에 한 번? 본 것 같아요.

박하나 경장   그래서 볼 때마다 같이 놀았어?

오빛나   네.

박하나 경장   어머니는 빛나가 놀이터 갈 때 같이 가지 않으셨어요?

고연정   그때 둘째가 어려서 자주는 못 가고 가끔 둘째 데리고 나
갔어요.

박하나 경장   어머니는 확실히 혜진이를 보진 못하셨고요?

고연정   당연히…… 못 봤죠. 전 그 사건을 알고 있었는데요. 봤으

면 바로 경찰에 신고했겠죠.

오빛나   엄마는 그때 집에서 자주 울고 그래서 밖에 잘 안 나왔어요.

고연정   빛나야, 갑자기 그런 말을……. 아, 제가 둘째 낳고 산후우울증이 와서 좀 그런 기간이 있었어요……. 얘, 그런 얘기를 하면 어떡해.

박하나 경장   괜찮습니다. 그때가 힘들 때죠. 저도 겪어 봐서 알아요. 편안하게 말씀하셔도 돼요.

고연정   사실 그때 둘째가 백일 무렵이었는데 자주 아프고 몸도 힘들고 그래서 빛나를 잘 챙기진 못했어요. 놀이터 바로 앞이 어린이집이라 다른 엄마들도 나와 있고 그래서……. 그런데 거기 있는 엄마들도 한 번도 혜진이를 봤다는 말은 한 적 없어요. 당연한 말이지만…….

오빛나   엄마들은 항상 폰 보고 있잖아.

박하나 경장   아무튼 혜진이를 본 다른 사람은 없다는 거지?

오빛나   그때 같이 놀던 애들도 봤어요.

박하나 경장   그게, 애들 말이 좀 오락가락해서……. 그래서 빛나한테 이렇게 자세히 물어보는 거야.

오빛나   박현 봤어요. 박현이랑도 자주 놀아서…….

박하나 경장   현이랑도 이야기해 봤는데…… 여섯 살 때 일을 잘 기억을 못 하더라고…….

오빛나 너무 답답해. 난 다 기억하는데.

박하나 경장 그래서 빛나는 혜진이랑 언제까지 그렇게 만나서 놀았어?

오빛나 저 유치원 들어가고 그 놀이터에 잘 안 갔어요. 유치원 앞에 놀이터 있어서……. 저 종일반이어서 애들 가고 나면 종일반 애들끼리 놀이터에서 놀았거든요.

박하나 경장 그럼 유치원 가고 나서부터 못 본 거야?

오빛나 네. 유치원을 아침에 가서 저녁에 오니까 갈 시간이 없었어요.

박하나 경장 그리고 다시 보게 된 게 초등학교 가서랬지?

오빛나 네, 학원 시간 중간에 뜨면 놀이터에서 놀았는데 그때 봤어요.

박하나 경장 그때 얘기 좀 자세히 해 줄래?

오빛나 애들이랑 그네 타는 데서 컵떡볶이 먹고 있는데 혜진이가 놀이터 벤치에 앉아 있었어요. 음…… 안녕? 이렇게 인사하고 어느 초등학교 다니냐고 물어보니까 이 근처 아니라 그래서 끄덕끄덕하고……. 전 친구들이랑 있어서 다시 안녕 하고 애들이랑 놀았어요.

박하나 경장 그때 혜진이 모습은 어땠니?

오빛나 그냥 키 좀 더 크고 머리 단발머리고 스누피 들고…… 아!

파란 원피스 입고 있었어요. 어, 그러고 보니 항상 그 원피스네?

박하나 경장　그럼 혜진이는 사시사철 파란 반팔 원피스를 입었다는 거야?

오빛나　어…… 그랬던 거 같아요.

박하나 경장　한겨울에도?

오빛나　한겨울에……? 한겨울 기억은 없는데? 겨울엔 안 만난 거 같은데요? 근데 왜 엄마랑 그렇게 눈빛을 주고받으세요?

박하나 경장　눈빛을 주고받은 게 아니고…….

오빛나　제 말이 이상해요?

박하나 경장　아니야, 그랬으면 이렇게 집에 찾아와서 녹음까지 하면서 네 이야기를 듣겠니.

오빛나　엄마, 엄마도 내 말이 안 믿어져?

고연정　아니야. 안 믿는다기보다 좀…… 의아해서 그렇지…….

오빛나　나 이거 안 할래…….

박하나 경장　빛나야. 이모는 네 말 다 믿어. 혜진이가 자기를 찾아 달라고 너한테 온 걸 거야. 그러니 빛나가 꼭 말해 주면 좋겠어. 그렇게 놀이터에서 잠깐 인사하고 헤어진 거야? 그 뒤에는 어디서 봤어?

오빛나　놀이터에서도 보고 편의점 앞에서도 보고 엘리베이터 앞에서도 봤어요.

박하나 경장 보면 계속 인사만 했어?

오빛나 첨에는 인사했는데 나중엔 할 말도 없고 그래서 그냥 모른 척했어요.

박하나 경장 그럼 초등학교 어디냐고 물어본 뒤로는 이야기를 나눠 본 적은 없어?

오빛나 엘리베이터 앞에서…… 이야기했어요.

박하나 경장 그게 언제야?

오빛나 3학년 때…… 여름방학 때요.

박하나 경장 어디 엘리베이터?

오빛나 우리 집이요. 전에 혜진이도 우리 동에 살았어요. 같은 라인에.

박하나 경장 혜진이 모습은 그대로였고?

오빛나 네, 파란 원피스 입고 있었어요. 되게 더운 날 땀도 안 흘리길래 안 덥냐고 물어봤어요. 혜진이가 별로 안 더운데, 그랬던 것 같아요. 어디 가냐고 물어보니까 자기 집 간다 길래 다시 이사 왔어? 하니까 그냥 웃었어요. 그리고 4층 도착해서 전 내렸어요.

박하나 경장 혜진이는?

오빛나 9층 눌렀어요. 원래 살던 데.

박하나 경장　　그리고 한참 지나 최근에 본 거고?

오빛나　　　　네, 근데 좀 이상하다고 생각한 게, 음, (…)

박하나 경장　　뭐든지 다 말해 줘.

오빛나　　　　되게…… 슬퍼 보였어요.

……후략

조회수 높이려 "혜진이 영혼이 나타났다"
'접신 주장' 영상도 인터넷에 떠돌아

20XX년 강원도 호텔 그랑블루에서 일어난 최혜진 양 실종 사건과 관련해 일부 유튜버가 선을 넘고 있다. 유튜버들은 혜진 양의 가족 중 특정인을 범인으로 지목하며 물증이 없을 뿐 분명한 살인 사건이라는 내용의 영상을 제작했다. 한 유튜버는 혜진 양의 영혼과 접신을 했다고 주장하기도 했다. 최근 혜진 양을 목격했다고 증언한 A 양의 녹취록이 인터넷상에 광범위하게 퍼지면서 일명 '혜진이 사건'에 대한 관심이 재점화된 것으로 보인다.

20일 현재 유튜브에는 '무당이 바라본 혜진 양 사건' '처녀보살이 직접 들은 혜진이 이야기' 등의 영상이 올라와 있다. 한 유튜버는 A 양이 혜진 양의 영혼을 만난 게 틀림없다고 주장했다. 그는 "아이들은 불필요한 거짓말을 하지 않는다"며 "얼마나 억울했으면 저렇게 나타났을까라는 생각도 든다"라고 말했다. 해당 영상은 조회수 6만 회를 넘어섰다.

한편 '조회수 높이기' 목적으로 자극적인 영상을 게재하는 유튜버들에 대한 우려의 목소리가 커지고 있다. 전문가들은 확인되지 않은 정보를 유포하는 것이 수사에 혼선을 줄 수 있다며 자제할 필요가 있다고 지적했다.

박영지 기자 park_0_ji@todaynews.com

‹ 조각난 사람들 ›

학교를 다시 나가려고 했다. 곰곰이 생각해 본 결과 수민이의 말대로 초졸은 되고 싶지 않았으니까. 하지만 그럴 수 없었다. 집과 학교 앞은 찾아오는 기자들, 유튜버들, 구경꾼들로 혼란의 장을 이루었다. 이게 무슨 아이러니인지 아버지가 혜진이 찾는 것을 포기하겠다고 하자마자 모든 언론과 경찰과 유튜버들이 혜진이를 찾아 나섰다. 학교로 돌아가 일상을 지속하려고 마음먹자 비일상의 날들이 이어졌다. 내 주변에 형성된 낯선 자기장은 전국의 이상한 사람들을 다 끌어모으고 있었다.

"당분간 센터에 있어라. 학교에는 내가 전화해 뒀다."

"아버지는요?"

"이번 일로 경찰이 재수사에 들어갔어. 이렇게 이슈가 된 마당에 가만히 있을 수는 없겠지. 담당 형사님 배려로 같이 움직이고 있다."

"어떻게 돌아가고 있는 거예요?"

"호텔부터 바닷가, 그 위에 야산, 전에 살던 동네까지 광범위하게 다시 수색하고 있어."

"그…… 빛나는 어떻게 됐어요?"

"그 애는 심리치료를 받기로 했어. 목격자 진술로 받아들이기에 너무 비현실적이었지……. 그래도 그 애 덕분에 다시 기회가 생겨서 고맙다."

"그런가요."

"너한테도 고맙다."

"……엄마는요?"

"엄마는 이 일에 대해 몰라. 병원에서 잘 차단해 주고 있어."

"엄마는 언제 만날 수 있어요?"

"아직 병문안이 어려워. 좋아지면 곧 보러 가자."

엄마 이야기를 하니 또다시 발밑에 입을 벌린 검은 공동이 커지는 것처럼 느껴진다. 식은땀이 났다. 아버지는 다시 연락하겠다며 전화를 끊었다. 애써 발밑을 외면하며 집 근처에 앉아 사람들을 지켜봤다. 저 사람들은 무엇을 얻으러 여기까지 왔을까. 저 사람들은 정말 혜진이를 찾는 데 관심이 있는 걸까. 우리 집을 배경으로 열심히 무언가를 말하고 카메라로 그것을 찍는다. 저 사람들이야말로 무언가에 씐 사람들 같다.

나는 옷 갈아입기를 포기하고 다시 센터로 돌아갔다. 센터에도 세탁기가 있으니 대충 빨아서 입는 수밖에 없다. 당분간은 그렇게 유목민처럼 살아야 한다. 하긴 평소와 크게 다르지도 않다.

센터 앞에는 낯선 방문자가 나를 기다리고 있었다.

"혜진이…… 오빠 맞지?"

눈동자가 보이지 않을 정도로 렌즈가 어두운 선글라스를 낀 여자분이 내게 말을 걸었다. 어두운 색의 헐렁한 원피스를 입었고 긴 머리를 커다란 핀으로 대충 올려 묶었다. 어린이집에 막 아이를 데려다주고 돌아오는 동네 아주머니 한 명처럼 보였다.

"누구세요?"

"잠깐 이야기 좀 할 수 있을까?"

"누구신데요?"

방금 집 앞에서 이상한 한 무리의 사람들을 보고 나서인지 땀과 함께 경계심이 등허리로 주르륵 흘러내렸다. 휴대폰을 꺼내 지문 잠금을 해제하고 여차하면 신고 전화를 할 태세를 갖췄다. 그분은 주변을 살피며 한 발 앞으로 다가왔고 나는 한 발 뒤로 물러섰다.

"여기 더운데 어디 들어가서…… 주스라도 한잔 마시면 어때?"

"아니, 누구신지도 모르는데 어떻게 그래요."

"그래, 맞아. 갑자기 찾아와서 아줌마가 미안해."

난감한 표정으로 아주머니는 가만히 서서 자신의 옷자락을 만지작거렸다. 그리고 미어캣처럼 다시 주위를 두리번거렸다. 눈빛과 분위기에서 상당히 소심한 사람이라는 인상을 받았다. 불현듯 이 아주머니가 혜진이에 대해 아는 건가 싶은 생각이 들었다. 뭔가를 고백하려는 것 같은 분위기를 풍기고 있다.

"혹시 혜진이를 아세요?"

"안다고 할 수도 있고 모른다고 할 수도 있어."

뭐지, 또 다른 이상한 사람의 출현이다. 선생님, 수민이, 빛나에 이어.

"어디 들어가는 건 좀 그렇고 공원으로 가실래요?"

아주머니는 고개를 작게 끄덕였다. 어른인데 묘하게 어린아이 같다. 뭔가 결정하는 걸 잘 못하는 사람, 주도권을 쉽게 뺏기는 사람. 아주머니와 근처 공원으로 향했다.

그늘 아래 자리를 잡고 이야기를 하길 기다렸다. 먼저 이것저것 물어보면 겁이 많은 참새처럼 푸드덕 날아가 버릴 것 같았다. 혹시 이 사람이 지금 혜진이와 사는 사람은 아닐까. 갑자기 가슴이 미친 듯이 두근거리고 온갖 상상이 머릿속을 종횡무진했다.

"미안해, 갑자기 이렇게 불쑥 찾아와서……."

그 얘기는 아까 하셨어요. 어서 중요한 이야기를 해 주세요. 나는 텔레파시로 이렇게 대답하며 고개를 끄덕였다.

"네가 이해하기는 힘들 테지만…… 꼭 만나서 이야기하고 싶었어. 아, 너를 아는 건 센터 주방에 계시는 분을 내가 알아서…… 오다가다 널 본 적이 있어……."

또 옷자락을 만지작거리고 손톱을 만지작거린다. 인내심 게이지가 조금씩 차오르고 있다. 마침내 결심한 듯 아주머니는 입을 열었다.

"혜진이가 사라진 날. 20XX년 7월 19일."

한참 동안 아주머니는 말을 잇지 못했다.

"……나는 내 아이를 잃었어."

"네?"

"임신 중이었고 20주 지나고 있을 때였어. 결혼 5년 만에 아주 힘들게 얻은 아이였는데 그렇게 됐어. 다음 날까지 병실에 누워 멈추지 않는 피를 쏟고 있는데 뉴스에 혜진이 사건이 나오는 걸 들었어."

대답할 말을 찾을 수가 없었다. 이게 과연 혜진이 이야기인가 싶기도 했지만 차마 묻지 못했다.

"퇴원하고도 뉴스에서 온통 혜진이 이야기였어. 난 내가 잃어버린 아이가 혜진이가 아닐까 하는 생각을…… 하게 됐어……. 여기부터는 이해하기 힘들 거야. 이해하지 않아도 되니까 그냥 들어 줘."

나는 말없이 바닥으로부터 올라오는, 아지랑이처럼 흔들리는 공기를 바라봤다.

"혜진이에 관한 뉴스를 다 찾아보고 스크랩했어. 그랑블루 호텔에도 그 앞 해변에도 몇 번이나 다녀왔어. 혜진이가 살았던 집, 다녔던 어린이집…… 모두 다 찾아가 봤어."

그 장소들을 홀로 걷고 있는 아주머니의 모습을 상상했다. 상상 속의 아주머니는 아주 슬퍼 보였고 울고 있거나 울고 난 직후처럼 보였다. 우리 가족이 아닌 사람이 혜진이와 연관된 장소에서 혜진이를 떠올렸다는 사실에 마음이 저릿했다.

"사람들은, 특히 남편은, 처음엔 나를 이해해 줬지만 점점 이해하지 못했어. 혜진이가 돌아와야 내 삶이 지속될 수 있다는 사실을 말이야. 그렇지만 5년은 정말 긴 시간이잖니. 쭉 병원을 다녔고 좋아지는 듯했어. 최근 다시 아이를 갖자고 남편이 말했고 우린 노력하기로 했어. 그런데 이번에 혜진이가 뉴스에 나오는 걸 보게 됐어. 그 순간 깨달았지. 다시는 임신을 할 수도, 누군가의 엄마로 살아갈 수도 없다는 걸."

지속할 수 없는 보통의 삶. 포장지는 찢어졌고 어느샌가 알맹이는 다 빠져나가 버렸다. 그전의 삶으로는 돌아갈 수 없다. 그것은 지난 5년간 내가 느껴 온 감정과도 일치했다.

"내 자신의 잃어버린 부분과 혜진이가 어떻게 맞닿아 있는지는 모르겠어."

"남편분은 뭐라세요?"

"헤어지기로 했어."

무거운 정적이 찾아왔다. 애초에 나는 위로하는 법을 잘 모르고, 게다가 혜진이와 관련된 이야기에는 더더욱 '적당한' 말을 찾을 수 없다.

"그냥 꼭 말해 주고 싶었어. 주고 싶은 것도 있었고."

아주머니는 작고 미지근하고 축축한 것을 내 손에 쥐어 줬다. 죽은 새라도 전해 받은 것처럼 소스라치게 놀랐다. 받고 보니 나무로 된 작은 팔찌였다.

"임신한 걸 알았을 때 엄마가 주신 묵주야."

"묵주가 뭐예요?"

"누군가의 손을 잡고 싶을 때 쥐고 있을 만한 거야."

"이걸 왜 주세요?"

"혹시 너희 어머니께 전해 줄 수 있겠니?"

그러겠다고 했다. 아주머니가 한 말을 완전히 이해하긴 힘들었지만 묵주를 전해 주는 것쯤이야 할 수 있다. 아주머니의 눈빛이 너무 간절해서 나도 모르게 받아들인 부분도 있었다. 묵주를 손목에 껴 보았다. 오래된 나무 알들은 손때가 묻어 짙은 고동색이었고 맨질맨질했다. 잃어버릴 수 있으니 끼고 다니다 엄마를 만

나면 전해 줘야겠다.

어떤 사람들은 타인의 아픔에 더 크게 공명한다. 세상을 자신의 일부로 받아들이고 자기 자신과 바깥 세계 사이의 경계가 남들보다 희미하다. 괴로울 텐데. 하지만 고통의 전이라는 감각을 아는 게 나뿐만이 아니라는 것은 묘하게 위로가 된다. 묵주를 만지작거리며 아주머니와 엄마를 연결시킨 슬픔에 대해 오래 생각했다.

센터로 들어왔는데 개와 선생님이 보이지 않았다. 전화를 해보니 개가 아파서 병원에 갔다고 한다. 그리고 내게 괜찮냐고 물었다. 나는 괜찮다고 대답하지 못했다.

개의 밥그릇과 담요를 보고 있자니 마음이 아파 왔다. 개를 생각하면 이제 어디선가 어렴풋이 딸기 향이 나는 것 같았다. 마음을 애틋하게 만드는 그 까만 눈동자와 딸기 잼이 잔뜩 묻어 있던 입가도 함께 떠올랐다. 병원에서 개는 오래 살지 못할 거라고 했다. 끝을 뻔히 알면서, 내 마음이 내가 모르는 새에 그렇게 개에게로 건너가 버렸다. 정신 차려 보니 온통 마음을 빼앗겨 버렸다. 어쩌면 좋을까.

"죽을 줄 알면서 사는 것과 같은 거지."

선생님은 전에 그런 말을 했다. 언젠가 헤어질 줄 알면서 만나고, 언젠가 끝날 줄 알면서 사랑하고, 언젠가 죽을 줄 알면서 사는 것. 인생이란 원래 그런 것이라고. 다들 그런 것쯤은 견뎌 가며 살아가는 걸까. 영화의 결말을 스포하면 사람들은 화를 내면서 이토록이나 끝이 분명한 인생을 어떻게 살아가지. 허무주의에 빠지지도 않고.

인터넷에서 혜진이 관련 뉴스를 몇 개 찾아보다 마음이 더 답답해져 자리에서 일어났다. 센터를 이리저리 걸어 다니다 마주치는 선생님들과 어색하게 인사했다. 아이들이 모두 학교에 간 시간이라 한산하기 그지없었다. 내가 이곳의 터줏대감이라도 된 것 같다. 최근에 알게 된 사실은 서프라이즈 선생님이 센터장이라는 사실이다. 그래서 개도 마음대로 들이고 센터에서 먹고 자고 다 하는가 보다.

선생님의 딸은 지금 이 시간에도 혼자 병실에 누워 있겠지. 옆에 누가 있든 없든 외로움을 느끼지도 못하면서. 혜진이처럼 아예 사라져 버린 것보다 그곳에 그저 있어 주기만 하는 게 나은 걸까. 수민이는 어떨까. 수민이의 쌍둥이라는 애는 어디서 무얼 하고 있을까. 아까 만난 아주머니의 남편은 어떨까.

세상은 조각난 사람들로 가득하다. 그런 생각이 꼬리를 물며 들었고 마침내 하염없이 먹먹해져 버렸다.

점심을 먹으려고 식당으로 올라가는데 지역번호로 시작하는 모르는 번호로 전화가 걸려 왔다. 망설이다 전화를 받았다.

"오빠, 나 강아지 보고 싶어."

오빠라는 소리에 순간적으로 혜진인 줄 알았다. 오늘 내가 왜 이러지. 깜짝 놀라 번호를 확인하는데 다시 목소리가 들려왔다.

"나 빛나야. 강아지 볼 수 있어?"

"지금은 병원에 갔어. 내 번호는 어떻게 알았어?"

"엄마 폰에서. 언제 오는데?"

"올 때가 되긴 했어. 근데 너 어디야?"

빛나가 말이 없었다. 수화기 너머로 시끄러운 차 소리가 들렸다.

"시외버스 터미널이야."

"엄마는?"

"엄마는…… 곧 올 거야."

"근데 왜 공중전화로 걸었어?"

"오빠, 왜 자꾸 물어봐. 강아지 볼 수 있냐고."

제멋대로다. 하지만 애한테 화를 낼 순 없으니 개는 병원에서 곧 돌아올 거라고 말해 줬다. 내일 보러 오라고도 덧붙였다.

"내일은 안 돼. 오늘 봐야 해. 여기로 와 주면 안 돼?"

"시외버스 터미널로? 왜 그래야 하는데?"

"나 할머니네 가. 가면 언제 올지 몰라. 근데 가기 전에 개가 보고 싶어."

빛나는 울먹이기 시작했다. 당황스러웠다. 하지만 이대로 전화를 끊으면 안 될 것 같았다. 느낌이 안 좋았다.

"알았어. 그럼 그리로 갈게. 너 그대로 거기에 있어."

"강아지 데려올 거야?"

"일단 갈게."

그 자리에 있으라고 몇 번이나 당부를 하고 택시를 잡았다. 시외버스 터미널은 센터에서 멀지 않다. 가는 길에 빛나 엄마에게 전화를 걸었다. 연결음이 한 번 울리기도 전에 빛나 엄마가 전화를 받았다. 빛나 엄마는 울고 있었다.

"현수야, 빛나가 없어졌어. 오늘 학교를 안 갔다는데 아무 데도 없어. 지금 경찰서야."

"빛나한테 전화받았어요. 시외버스 터미널에 있대요."

빛나 엄마가 엉엉 울며 뭐라고 말했는데 알아들을 수 없었다. 가서 빛나와 있을 테니 얼른 오시라고 말했다. 정말 이상한 일들만 일어나는 하루였다.

다행히 빛나는 대합실에 얌전히 앉아 있었다. 평일 낮의 터미널은 텅 비어 있어 더욱 눈에 띄었다. 빨간 책가방을 메고 어깨끈을 안전벨트처럼 꽉 부여잡고 있었다. 얼굴을 보니 눈물과 콧

물로 엉망이었다.

"걔는?"

"병원에서 아직 안 왔어."

"개 데리고 온다며?"

"다음에 꼭 보여 줄게."

"아니야, 다음은 없어. 오늘 아니면 못 본단 말이야."

빛나는 다시 울기 시작했다. 작은 대합실에 빛나의 울음소리가 가득 찼다. 어찌할 바를 몰라 주변을 둘러봤지만 아무도 없었다.

"걔는 여기로 올 거야. 병원에 갔다고 했잖아. 병원 데려간 사람이 이리로 개랑 오기로 했어."

다급한 마음에 되는대로 말을 했다.

"정말이야?"

"그렇다니까. 그러니까 그만 울어. 누가 보면 나 신고당하겠어."

"신고를 왜 당하는데?"

"내가 뭐 나쁜 짓 해서 너 우는 거 같잖아."

빛나의 울음이 서서히 잦아들었다. 선생님한테 전화해서 정말 개를 데리고 이리로 오라고 해야 하나 마음이 흔들렸다. 확실한 건 빛나 엄마가 올 때까지 빛나를 진정시키고 다른 데로 못 가게 해야 한다는 거다.

"할머니네 가는데 왜 혼자야?"

"몰라."

빛나는 뾰로통하게 굳은 얼굴로 바닥만 내려다보았다. 빛나의 손을 잡고 억지로 일으켜 편의점에 데려갔다. 물티슈와 음료수를 사서 다시 대합실로 돌아왔다. 빛나의 엄마는 아직도 오지 않았다. 내가 자꾸 입구를 흘끗거리자 빛나가 물었다.

"엄마한테 말한 거 아니지?"

"아니야. 걔 오는지 보는 거야."

이어지는 거짓말이 양심에 찔렸지만 그런 걸 따질 때가 아니었다.

"너 그럼 엄마한테 허락 안 받고 집 나온 거야?"

"엄마도 나한테 허락 안 받고 자꾸 병원에 데려갔어."

"병원? 어디 아파?"

"나 머리가 이상하다잖아. 그걸 고쳐 준대. 엄마는 내 말 다 믿는다 그러고 사실 하나도 안 믿고……. 학교 가면 애들이 놀려. 이제 학교 안 갈 거야. 병원도 안 가."

간신히 멈춘 빛나의 눈물이 또 터졌다. 물티슈를 한 장 꺼내 손에 쥐어 줬다.

"오빠도 내 말 못 믿지?"

"믿어……. 아니, 사실…… 잘 모르겠어……."

"아무도 안 믿어도 할 수 없어. 난 정말로 거짓말 안 했어."

"정말로…… 혜진이 봤어?"

빛나는 눈물이 가득 담긴, 너무 울어 새빨개진 눈으로 나를 바라봤다. 그리고 고개를 끄덕였다. 정말 봤구나. 혜진이가 그곳에 나타난 건 사실이 아닐지라도, 빛나는 혜진이를 봤다. 이게 서프라이즈 선생님이 이야기한, 신이 빛나에게만 보낸 메시지인지도 모른다.

"네 말, 믿을게. 고마워."

"뭐가 고마워?"

"혜진이를 봐 줘서…… 고마워."

빛나의 작은 어깨를 토닥토닥 두드려 줬다.

"그런데 할머니 댁이면 어차피 엄마가 데리러 갈 텐데."

"친할머니네 갈 거야. 엄마는 친할머니네 어딘지 몰라. 아빠랑만 갔어."

"그럼 아빠가 엄마랑 데리러 갈 텐데?"

"아빠는 엄마랑 말 안 해."

나는 멈칫하고 빛나를 바라봤다. 완벽한 아파트에 사는 완벽한 가정이 아니었다. 그런 생각을 쉽게 해 버린 내가 부끄러워졌다. 모든 것이 멀리서 바라볼 때만 완벽한 것이었나.

"그리고 엄마는…… 엄마는 남자친구가 있어."

"남자친구?"

"응. 우리 재워 놓고 몰래 나가서 만나. 사실 자는 척하는 건데."

휴대폰을 유독 오래 쳐다보던 빛나 엄마의 옆모습이 떠올랐다. 말문이 막혀 그냥 빛나의 어깨를 오래 토닥였다. 빛나의 가출은 실패로 끝나겠지만 대합실에서 어깨를 토닥이던 손길만은 기억해 주길 바라면서.

잠시 후 얼굴이 눈물로 온통 범벅된 빛나 엄마가 대합실 안으로 뛰어 들어왔다. 빛나 엄마는 아무런 말 없이 빛나를 끌어안고 숨죽여 한참 울었다. 빛나는 나를 원망스러운 눈으로 쳐다봤지만 이내 엄마의 품속에 가만히 파묻혔다.

끌어안고 우는 두 모녀를 두고 대합실을 빠져나왔다. 아직도 해가 지지 않았다. 정말이지 긴 하루였다.

‹ 빈방 ›

며칠이 지났다. 기름 부은 것처럼 혜진이 이야기로 끓어오르
던 세상은 이내 다른 화제로 넘어가 버렸다. 수색 팀을 따라다니
던 아버지도 별다른 진전이 없자 다시 생계전선으로 돌아왔다.
아무 일도 일어나지 않은 것처럼 집, 학교, 센터를 오가는 생활
이 재개되었다.

오랜만에 돌아간 학교 역시 아무것도 변하지 않았다. 나는 여
전히 혼자였고 수민이 외의 모두와 어색했다. 영혼의 계정을 둘
로 나눈 것처럼 학교에서의 나는 물체처럼 무감각했다. 센터에서
개와 수민이, 선생님과 있을 때와는 다른 나였다. 학교 정문에 들
어설 때 하나의 계정이 로그인되고 또 다른 계정이 로그아웃된
다. 간단한 일이었다.

아버지가 엄마를 보러 가자고 한 건 금요일의 일이었다. 엄마
를 보지 못하고 계절이 바뀌었다. 오랜만에 보는 건데 마냥 좋기
보다 긴장이 됐다. 학교를 마치고 읍내에서 아버지를 만났다. 버

스를 타고 10분 정도 언덕길을 따라 올라갔다. 병원은 높은 곳에 요새처럼 위치해 있었다. 얼룩 하나 없는 새하얀 건물의 모습은 서둘러 지은 세트장처럼 보였다. 긴장해 땀이 축축한 손바닥을 바지에 자꾸 문질러 가며 병실에 들어섰다. 6인실이었지만 침대는 대부분 비어 있었다.

엄마는 맨 끝 창문 아래 침대에 누워 있었다. 살이 얼마나 빠진 건지 미술 시간에 본 원목 구체 관절 인형에 병원복을 입혀놓은 것처럼 보였다. 엄마는 날 보고 손을 흔들었다. 너무 가늘어서 곧 부러질 것 같은 손목이었다. 내가 쭈뼛대자 아버지가 등을 떠밀었다.

"현수 왔어? 점심은?"

"학교에서 먹었어."

"키가 그새 큰 것 같네."

엄마가 내 얼굴을 쓰다듬었다. 따뜻했다. 나도 모르게 눈을 빠르게 깜빡이며 침을 꿀꺽 삼켰다. 목구멍이 아팠다.

"잘 지냈어?"

고개를 끄덕였다. 목구멍이 꽉 막힌 것처럼 목소리가 나오지 않았다. 엄마는 머리카락이 많이 빠져 정수리가 휑했다. 그래도 표정은 평온해 보였다.

"저녁은 잘 챙겨 먹고 있어?"

"센터에서…… 먹어."

그토록 보고 싶었던 엄마를 만났는데 몸이 고장 난 로봇처럼 뻣뻣했다. 엄마를 안고 엄마 냄새를 맡고 집에는 언제 오냐고 물어보려고 했는데 그중 무엇도 할 수가 없었다. 엄마를 안으면 마른 잎처럼 바스러져 버릴 것 같았다. 눈이 마주치면 엄마와 나는 어색하게 웃었다.

"당신은 밥 먹었어?"

엄마는 자꾸 고장 난 녹음기처럼 밥 먹었냐고만 물어본다.

"애도 아니고…… 잘 챙겨 먹고 다니니 걱정 마."

엄마는 내 얼굴과 팔, 어깨를 자꾸 쓰다듬었다. 아버지가 집에서 가져온 몇 가지 물건을 옆의 사물함에 정리해 넣었다. 음료수도 꺼내 냉장고에 넣었다.

"여긴 올 때마다 이렇게 환자가 없어서 어떡한대? 망하는 거 아냐?"

혼잣말인지 엄마한테 하는 말인지 모를 말을 중얼거리며 아버지는 자꾸 두리번거렸다.

"망하면 집에 가고 좋지, 뭐."

엄마의 말에 아버지가 픽 웃었다. 창문 밖으로 내가 버스를 타고 지나온 길과 읍내의 모습이 한눈에 내려다보였다.

"이 병실은 역시 풍경이 좋아."

아버지의 말을 듣고 나와 엄마가 새삼 창밖을 바라봤다.

"여기서 당신이랑 현수도 다 보여."

"엄마, 그건 오바야."

"진짜야. 엄마가 맨날 보고 있어."

엄마가 소녀처럼 웃었다. 엄마의 웃는 모습은 아주 오랜만이다. 그제서야 낯설었던 엄마가 비로소 내 엄마처럼 느껴졌다. 낯선 병실도, 낯선 병원복도, 낯선 공기도 엄마의 작은 웃음 하나에 더 이상 낯설지 않았다.

나는 엄마에게 센터 이야기를 해 줬다. 심장병에 걸린 개와 쌍둥이를 만날 수 없는 수민이, 서프라이즈만 주구장창 보는 선생님 이야기. 엄마는 내 이야기를 들으며 눈을 빛냈고 점점 더 다양한 표정을 지었다. 웃고 안타까워하고 슬퍼하고 놀라며 이야기를 들었다. 엄마가 내 이야기에 귀를 기울이는 시간이 끝날까 봐 나는 숨도 쉬지 않고 자세하게, 할 수 있는 이야기를 다 했다. 아버지는 창가에서 바깥을 바라보며 정물처럼 서 있었지만 내 이야기에 귀를 기울이고 있음을 알 수 있었다.

"아들이 좋네. 당신도 이렇게 웃고."

이야기가 바닥나자 아버지가 주스 한 캔을 건네며 내 등을 두드렸다. 콘서트를 마친 가수의 심정이 됐다. 면회 시간이 끝나 가고 있었다.

"엄마, 언제 퇴원해?"

나의 갑작스러운 질문에 아버지도 엄마도 대답하지 못했다. 잠시 후 엄마가 내 머리를 쓰다듬으며 곧 퇴원할 거라고 했다. 누가 들어도 아는 거짓말. 그래도 고개를 끄덕였다. 그냥 그 말이면 됐다.

아버지가 먼저 나가 있으라고 했다. 나는 엄마에게 또 오겠다고 했고 엄마는 밥을 잘 챙겨 먹으라고 했다. 엄마 손을 잡고 악수를 하는 것처럼 한참 흔들었다. 엄마의 몸이 공기로만 이루어진 것처럼 가볍게 따라 흔들렸다.

병실을 나와 문을 닫자마자 정신없이 눈꺼풀이 깜박였다. 눈물샘이 막혀 버린 건 오래전의 일이다. 그런데 눈꺼풀은 모스 따위 보내고 싶지도 않은 순간에 가끔 이렇게 속수무책 제멋대로 움직인다. 마치 초당 10회 연사라도 찍는 카메라처럼. 눈을 꽉 감았다. 눈꺼풀 안쪽에 어둠이 일렁이고 있었다. 그 어둠을 가만히 응시하며 고장 난 눈꺼풀이 그만 멈춰 주기를 기다렸다.

문득 엄마에게 묵주를 전달하지 않았단 사실이 떠올랐다. 몸을 돌려 병실 문을 열려다 조그만 유리창을 통해 아버지가 침대에 엎드려 있는 것을 보았다. 아버지는 보호자 의자에 앉아 두 손으로 얼굴을 감싸고 침대에 이마를 대고 있었다. 엄마의 손이 아버지의 머리에 얹어져 있다. 보지 말아야 할 장면을 본 것 같아 황급히 눈을 돌렸다. 둘이 나누는 감정 속으로 내가 끼어들면 안 된다는 생각이 들었다.

얼마 후 밖으로 나온 아버지는 담당 의사 선생님을 만난다고 복도 저편으로 사라졌다. 그새 엄마는 잠들어 있었다. 로비에 앉아 커다란 티브이를 멍하니 바라보고 있는데 누군가 어깨를 쳤다. 서 선생님이었다.

"네가 왜 여깄어?"

"엄마 만나러 왔어요. 선생님은요?"

"난 딸이 여기 있지."

선생님은 내 곁에 앉았다. 센터 밖에서 보는 선생님은 평소보다 더 초췌하고 피곤해 보였다. 선생님은 자판기에서 커피 두 잔을 뽑아 와 내게 내밀었다.

"피곤해 보인다."

내가 할 소리지만 잠자코 커피를 받아 마셨다. 달고 뜨겁고 진한 커피였다. 병원 맛이 났다. 내가 카페인에 취약한 청소년이라는 사실을 선생님은 깜빡했거나 개의치 않아 하는 것 같았다.

"저도 보고 가도 돼요?"

"뭘?"

"선생님 딸……이요."

제안이 입 밖에 나온 순간 후회했지만(내가 뭐라고?) 한번 만나고 싶었다. 선생님과 닮은, 언젠가 '서프라이즈'의 주인공이 될지도 모를 선생님의 딸. 누군가의 삶에 이렇게 머리를 디밀어도 되는 건지 모르겠지만 선생님은 혜진이에 대해 알고 나는 선생님의 잠자는 딸에 대해 안다. 그냥 가는 게 어쩌면 더 이상하다.

"그래, 그러자."

뭔가 큰 결심을 하듯 잠시 사이를 두고 대답이 돌아왔다. 이윽고 아버지가 왔다. 아버지와 선생님은 내게서 조금 떨어져서 낮은 목소리로 인사를 나누었다. 뒷모습이 비슷한 두 사람이었다. 아버지는 먼저 가고 나는 선생님과 함께 가기로 했다. 아버지를 배웅하며 의사와의 면담 내용을 물으니 괜찮다고 했다. 아버지는 늘 괜찮다고만 한다.

그래도 병문안인데 꽃이나 음료수 같은 걸 사 가야 하나 고민이 됐다. 병원 편의점 앞에서 망설이고 있자니 선생님이 애 주제에 어른 흉내를 다 낸다고 약간 비웃는 것처럼 말했다. 애한테 자판기 커피는 뽑아 줬으면서 앞뒤가 안 맞는 사람이다. 함께 엘리베이터를 타고 엄마가 입원한 층을 지나 높은 층으로 올라갔다. 1인실만 있는 층이었다. 1인실은 비싸다고 들었는데 사실 선생님은 부자일지도 모른다. 센터장이라는 직책까지 놓고 보니 선생님이 다르게 보인다. 병실 앞에서 문을 열기 전 선생님은 잠시 망설이더니 말했다.

"놀라지 마라. 보이는 게 다가 아니야."

그 말의 의미를 미처 생각해 보기도 전에 드르륵 병실 문이 열렸다. 병실 가득한 꽃이 먼저 눈에 들어왔다. 생화와 말린 꽃들이 섞여 있었다. 벽에는 선생님 딸이 그린 것으로 보이는 그림들이 붙어 있었고 다림질된 교복이 나란히 걸려 있었다. 가습기가 조용히 습한 공기를 내뿜고 있었다. 카카오프렌즈가 그려진 알록달록한 담요와 오리처럼 생긴 샛노랗고 푹신한 슬리퍼, 스타벅스 텀블러, 애니메이션 피규어, 소설책 몇 권, 계란프라이 모양의 러그…… 병실이 아닌 그냥 십 대 여자애의 방에 들어온 듯했다.

그리고 침대는 텅 비어 있었다.

침대가 텅 비어 있다. 이 사실을 어떻게 받아들여야 할지 몰라 가만히 서서 침대만 바라봤다. 부서진 멘탈 조각 모음이라도 하는 것처럼 할 말을 찾는 데 시간이 걸렸다. 선생님은 화병들의 물을 간다며 분주하게, 그리고 심상하게 움직이고 있다. 몇 분 후 드디어 적당한 질문이 생각났다.

"어디 검사라도 받으러 갔어요?"

"아니야."

그럼 어디에 있냐고 물어야 하는데 입이 떨어지지 않았다. 대답을 듣기 두려웠다. 선생님이 내가 아는 것보다 더 이상한 사람일까 봐, 더 미쳤을까 봐 두려웠다. 커다랗고 텅 빈 병실에서 길을 잃은 기분이 들었다. 나도 모르게 헛웃음이 나왔다. 내 주변엔 왜 실종됐거나 헛것을 보거나 알코올중독이거나 미친 사람들만 있는 거지. 답도 따라왔다. 내가 정상이 아니니까. 초록동색. 유유상종.

"혜원아, 오늘 친구가 왔네."

화병들의 물을 다 간 선생님이 다가오며 말했다.

"내가 얘기 많이 했지. 얘가 현수야. 착하게 생겼지? 현수야, 혜원이 보이지? 인사해."

대체 어디를 보고 말하는 거지. 왼쪽 눈동자와 오른쪽 눈동자가 따로 움직이는 듯한 저 시선 처리는 무엇이며. 선생님을 밀치고 단숨에 뛰어나갈 수 있을까. 등 뒤의 문을 흘긋 보며 동선을 확인했다. 아버지는 가 버렸는데 버스가 바로 오지 않으면 어쩌지. 엄마의 병실로 도망쳐야 하나. 아, 왜 딸을 보겠다고 해서. 이 바보 최현수. 멍청한 놈.

"장난이야."

선생님은 폭소를 터뜨리며 동상처럼 얼어붙은 내 등을 때렸다.

"네?"

"표정 볼만하네. 수민이 있었으면 동영상 찍었을 텐데 아쉽……."

이토록 어이없는 장난이라니. 힘이 쭉 빠졌다. 나는 보호자 의자에 털썩 주저앉았다.

"왜 어른 주제에 애 흉내를 내고 그래요?"

"누가 잡아먹냐?"

웃음기가 가시지 않은 목소리로 선생님은 나를 놀렸다. 하지만 그러고 난 후 다시 침묵이 찾아왔다. 아까보다 어색하고 불편한 침묵이었다. 그래서 더 묻지 않을 수 없었다.

"어디에 있어요?"

"혜원이의 몸은 납골당에 있어."

"네? 그럼……."

죽었냐는 말이 차마 나오지 않았다.

"그래, 혜원이는 죽었어. 생물학적으로."

선생님은 벽에 걸린 교복을 내려 먼지를 털고 창문을 열었다. 더운 공기가 훅 들어왔다.

"치우지 못했어. 언젠가 이곳으로 올 것만 같아서."

매미가 울기 시작했다. 철보다 조금 이르게 찾아온 매미였다. 선생님의 말이 잘 와닿지 않는다. 매미 소리가 자꾸 신경 쓰였다.

"퇴원했는데도…… 병실을 쓸 수 있어요?"

바보 같은 질문을 했다.

"어차피 텅텅 비어 있어서. 돈만 내면 다 되는 거지, 뭐."

"부자인가 보다."

"보험금이지."

하는 말마다 다 실패의 느낌이 든다. 이제 이 병실을 나가 봐도 될 것 같은데 어떻게 이야기를 꺼내야 할지 모르겠다.

"맞다, 개는 어떻대요?"

"폐에 물이 차서 빼고 약 받아 왔어."

"괜찮대요?"

"아니, 얼마 못 산대."

예상했던 일이지만 선생님 입에서 그 말이 나오니 심장이 덜컹했다. 아무렇지도 않게 그 말을 하는 것도 밉고 이렇게 빈 병실에 나를 데려와 알 수 없는 소리를 해 대는 것도 밉다. 그러게 개는 왜 데려와서 괜히 정이나 들게.

"선생님, 진짜 좀 별로예요."

"나도 내가 별로야."

다시 긴 침묵. 선생님은 창문을 닫았다. 병실은 조금 더 조용해졌다.

"이제 나가자."

"……사진 있어요?"

선생님은 탁자에 세워진 액자를 내게 건넸다. 어린 소녀가 선생님에게 안겨 아이스크림을 먹으며 웃고 있었다. 어딘가 혜진이와 닮은 것처럼 보였다. 이토록 선명하게 빛나는 존재가 더 이상 세상에 없다는 것이 믿기지 않았다. 반짝이는 눈동자, 두 갈래로 묶은 가는 머리카락, 아이스크림이 묻은 입가, 손에서 찐득거리며 녹고 있는 하얀 아이스크림, 그리고 그런 아이를 바라보며 웃고 있는 선생님의 눈빛. 공기 중의 달콤한 바닐라 향과 바람까지 느껴지는 사진이었다.

그 사진만으로도 그날 하루가 통째로 그려지는 듯했다.

그날 하루가, 그날들이, 그 애의 삶이.

그렇게 사랑하고 사랑받은 모든 시간들이.

내가 본 건 사진 한 장이 아니라 거기에서 멈춰 버린 선생님의 마음이었다.

'안녕.'

나는 그 애에게 마음속으로 작게 인사했다.

빈 병실을 지키는 선생님의 마음을 이해할 수밖에 없었다. 선생님 마음의 그림자가 너무 길어지지 않기만을 바랄 뿐이었다.

돌아오는 버스 안에서 선생님은 말했다. 사람들은 빈방을 가지고 살아간다고. 소중한 것이 빠져나가 버렸지만 버릴 수 없는 빈방이 누구나 하나쯤은 있는 거라고. 선생님의 말에 다 동의할 수 없었지만 어떤 사실 하나는 깨달을 수 있었다.

세상은 생각보다 더 슬픔으로 가득 차 있었다.

‹ 바닷가의 장례식 ›

학교에서 책상에 엎드려 자고 있는데 누군가 흔들어 깨웠다.
눈을 뜬 내 앞에 눈물이 가득 고인 수민이가 보였다.

"개가 죽었어."

잠이 덜 깨서 얇은 막 바깥으로 수민이의 목소리가 겉돌았다.
아이들의 시선이 느껴졌다. 쉬는 시간임에도 교실은 조용했고 여
러 쌍의 눈들이 수민이와 나에게 집중되었다.

"선생님한테 문자가 와 있었어. 너 못 봤어?"

가방에서 휴대폰을 주섬주섬 꺼내 확인해 봤다.

'개가 죽었다. 화장해 주러 간다.'

수민이는 툭 치면 터져 버릴 물풍선 같은 표정으로 나를 바라
봤다. 가방을 들고 일어났다. 개의 죽음에 대해 대화할 장소로 교
실은 적합하지 않았다.

"어디 가?"

"……개한테 가 보게."

"같이 가. 담임한테 조퇴 얘기하고 갈게."

교문 밖에서 수민이를 기다리며 선생님에게 전화를 걸었다. 이미 화장을 시작했고 유골을 가지고 센터로 돌아올 거라고 했다.

"유골을 적당한 곳에 뿌려 주려고 해."

"적당한 데 어디요?"

"그건 아직 모르겠다."

나는 생각나는 곳이 있었다.

"개가 바다를 좋아할까요?"

"한 번도 못 가 봤을걸."

"바다에 뿌려 주면 좋을 것 같아요."

개를 넓은 바다에 뿌려 주고 싶다는 생각이 들었다. 개는 죽기 전 대부분의 시간을 당직실과 좁은 마당에서 보냈다. 내가 아는 가장 넓은 장소이자 가장 해가 잘 드는 곳. 그곳은 바다였다.

그리고 오늘은 7월 18일, 개가 이 무렵 떠난 건 우연이 아닐 거란 생각이 들었다. 오랜 기간 두려워 차마 떠올리지도 못했던 바닷가의 풍경과 냄새, 소리……. 이상하게도 지금이라면 그 바다에 갈 수 있을 것 같았다. 수민이와 서 선생님과 개와 함께라면. 혜진이가 사라진 바닷가에서 개에게 마지막 인사를 하는 일, 그게 어떤 의미인지는 모르겠지만.

"그럼 터미널에서 만나자. 한 시간 후."

눈물을 그치지 못하는 수민이와 터미널로 향했다. 수민이는 울면서도 편의점에서 간식거리를 샀고 엄마와 학원 선생님한테 전화를 걸었다. 엄마와는 울먹이며 싸웠지만 그래도 저 정도면 어른들에게 무척 성실한 아이라는 생각이 들었다.

개는 작고 흰 도기에 들어 있었다. 뚜껑이 열리지 않게 테이프로 봉해진 채 검은 비닐에 싸여 있었다. 기분 탓인지 도기에서 희미한 열기가 느껴졌다. 버스는 텅 비어 있었다. 나와 수민이가 나란히 앉고 선생님은 복도 건너 자리를 잡았다. 수민이가 개를 무릎에 올리고 두 손으로 감쌌다. 작고 하찮은 죽음이 거기에 담겨 있었다.

"방에 돌아와 보니 죽어 있었어. 자는 것처럼."

버스가 출발하고 선생님은 나지막한 목소리로 개의 마지막 순간을 말했다. 지난 며칠 나와 수민이는 매일 센터에 나가 개와 놀아 줬다. 숨을 거칠게 쉬는 것 말고는 많이 아파 보이지 않았다. 개의 검고 동그란 코와 축축한 혀, 따뜻한 털의 감촉이 떠올랐다. 아까까지만 해도 있었지만 이젠 없는 것. 다시는 되찾을 수 없는 것. 막연하던 죽음이라는 개념이 구체적으로 다가왔다. 죽음이란 없어지는 것. 그 무엇으로도 되돌릴 수 없는 것.

"아침에 나랑 바나나도 나눠 먹었는데."

선생님이 쓸쓸하게 웃었다. 과일을 좋아하던 개가 죽었다. 수민이는 무릎 위의 도기가 개라도 되는 것처럼 쓰다듬었다. 검은 비닐에 눈물이 떨어져 흘렀다. 울지 마. 위안이 되지 않을 말임을 알기에 입 밖에 내지 못했다.

버스는 막히는 법 없이 일정한 속도로 바다로 향했다. 선생님은 잠이 들었고 수민이는 말없이 창밖을 바라보고 있다. 나는 잠시 망설이다 마음을 정하고 가방에서 공책을 꺼내 개의 모습을 그렸다. 그리고 내가 아는 개의 특징들을 썼다.

공을 무서워한다.
생선을 주면 씹다가 뱉는다.
개를 부르면 컹컹 짖는다.
오줌과 똥을 따로따로 싼다.

"뭐 해?"

"개에 대해 쓰고 있어."

"뭐 하려고?"

"잊지 않으려고."

수민이는 고개를 기울여 공책을 쳐다봤다. 우리는 함께 나머지 특징들을 적어 나갔다.

> 왼쪽 발바닥 털색이 회색이다.
> 잘 때 눈을 반쯤 뜨고 잔다.
> 연어 맛 간식을 가장 좋아한다.
> 한번 사용한 배변 패드에 배변하지 않는다.
> 휴대폰이 울리면 짖으며 빙글빙글 돈다.
> 바나나와 딸기 잼, 방울토마토를 좋아한다.
> 천둥을 무서워하지 않는다……

한 바닥 가득 개에 대해 적었다. 맨 아래 7월 18일 날짜를 적으며 수민이가 말했다.

"이제 7월 18일은 개의 기일이야."

"기일에는 뭘 할 건데?"

"개를 생각할 거야. 바나나 먹으면서."

완성한 페이지를 수민이는 휴대폰으로 찍었다. 어느새 수민이의 울음이 그쳐 있었다.

시내에서 간단하게 저녁을 때우고 바다로 향했다. 노을이 지나간 하늘은 어두운 잉크 색으로 덮여 가고 있었다. 이제 해가 져도 선선하다는 느낌이 들지 않았다. 대학생으로 보이는 한 무리의 사람들이 맥주를 마시고 있었고 몇 쌍의 연인들이 손을 잡고 걷거나 앉아 바다를 보고 있었다. 그리고 내가 아까부터 애써 외면해 온 방향에 우뚝 서 있는 한 건물이 시야에 들어왔다. 그 호텔이었다.

온몸에 감기는 습하고 미지근한 바닷바람이 지난 기억을 흔들어 깨웠다. 마치 어제처럼, 손상되지 않은 선명한 영상의 한 장면이 파도처럼 다가왔다. 잠시 눈을 감고 숨을 골랐다. 그날의 습도, 햇볕, 가족들의 웃음소리, 바람에 펄럭이던 옷자락의 움직임까지 이렇게나 생생하다. 불덩이를 삼킨 것처럼 가슴이 뜨겁고 아프다. 기억이 이토록이나 물리적인 고통을 준다는 것을 다시 한번 깨닫는다. 주먹을 세게 쥐었다. 도망가지 않으려고.

경직된 나의 어깨에 커다란 손이 와 닿았다. 선생님이었다. 선생님은 내 어깨를 꽉 끌어안았다. 그리고 수민이가 반대쪽에서 어깨를 끌어안았다. 우리 셋은 그렇게 어깨동무를 한 채 바다 앞에 한참 서 있었다. 파도가 밀려왔다 멀어지는 것을 오랫동안 바라봤다.

잠시 후 우리는 모래사장 어딘가에 자리를 잡고 앉았다. 선생님이 가방에서 소주와 짝태, 종이컵 등을 꺼냈다. 웬 소주냐고 묻자 이래 봬도 장례식이라서 필요하다는 답이 돌아왔다. 개의 유골이 담긴 도기를 비닐에서 꺼내 모래 위에 두었다. 선생님이 소주를 종이컵에 따라 도기 위에 붓고 담배에 불을 붙여 그 옆에 꽂았다. 가는 담배 연기가 허공으로 흩어졌다.

"개의 장례식에 술과 담배라니, 아저씨 감성은 정말이지 지독하네요."

수민이가 짝태를 찢으며 말했다. 선생님은 가방에서 개 사료가 담긴 비닐을 꺼내 종이컵에 옮겨 담았다. 준비성이 의외로 철저한 선생님이었다.

담배가 다 타들어 가는 동안 아무도 말이 없었다. 아무도 몰래 결심했다. 살아 있는 동안 다시는 개를 키우지 않겠다고. 다시는 다른 개를 만지지도 않을 거고 안지도 않을 거야. 그 어떤 개에게도 딸기 잼을 열어 주지 않을 거야. 마음을 주지도 않을 거야. 내 마음속에서 영원히, 죽을 때까지, 단 한 마리의 개만 간

직할 거야.

완전히 밤이 되었다. 멀리서 폭죽 터뜨리는 소리가 났다. 작고 힘없는 불꽃이었다. 따다다닥, 시끄러운 소리에 비해 빛은 맥없이 공중에서 스러졌다. 하지만 그것만으로도 충분한지 사람들은 환호성을 지르며 연달아 불꽃을 쏘아 올렸다. 빛이 사라지고 나자 바다의 색은 더더욱 진해졌다. 어두운 밤바다는 마치 이 세계가 거대한 입을 쩍 벌리고 있는 것처럼 보였다. 누군가 다가가면 자비 없이 삼켜 버릴 것이다. 죽음의 목구멍 너머엔 뭐가 있을까. 언젠가 본 심해 사진처럼 모든 것이 어둠에 잠겨 있고 그 속에서 영원히 가라앉은 채 무無로 향해 가는 것일까. 조금은 아늑할지도 모른다. 젖은 모래에 파묻혀 본 적이 있다. 따뜻하고 무겁고 부드러워서 잠이 왔다. 죽음이 그런 식이라면 멋질 텐데. 그런 죽음이라면 차라리 삶보다 괜찮을지도 모른다.

"걔는 어디로 갔을까요?"

내 생각이라도 읽은 것처럼 뜬금없이 수민이가 물었다. 담배는 재만 남았고 우리 셋은 홀린 것처럼 바다만 바라보고 있었다.

"죽음 뒤에는 자신이 믿는 사후 세계가 기다리고 있을 거야."

"무슨 근거로요?"

"죽을 뻔했는데 살아 돌아온 사람들이 하는 말을 들어 보면 알 수 있지."

"또 서프라이즈예요?"

"너는 네가 믿고 싶은 걸 믿어. 난 내가 믿고 싶은 걸 믿을게."

"선생님은 어떤 사후 세계를 믿고 계세요?"

내가 물었다.

"……혜원이가 있는 세계."

당연한 대답을 들었지만 납득이 가지 않았다. 그렇다면 왜, 혜원이가 있는 그 세계로 하루라도 빨리 가지 않고 여기에 머물러 있는 건지 알 수 없는 일이다.

"그럼 얼른 가셔야 하는 거 아니에요?"

차마 묻지 못한 것을 수민이가 물었다. 눈치가 빠른 건지 아예 없는 건지 종잡을 수 없는 애다.

"그런 건 반칙이야."

"반칙이요?"

"할당량을 채워야 주어지는 거야. 사람이 태어나면 기쁨과 슬픔의 할당량이 있어. 모두가 공평하게. 그걸 다 채워 내야 내가 원하는 죽음 이후로 갈 수 있어."

"신이 준 메시지예요?"

"그래."

"평생 슬프게만 살다 간 사람들도 많고 그 반대인 사람들도 많던데요."

"다시 태어나서 밸런스를 맞출 거야. 다음 생에서."

"선생님은 사회복지사보다 사이비 교주가 더 어울려요."

문득 엄마가 했던 말이 떠올랐다. 엄마는 피너츠 속 등장인물들이 다 조금씩 이상해서 좋다고 했다. 그러면서 영어 'Nuts'가 '제정신이 아닌'과 '미친 듯이 사랑하는'이라는 뜻을 동시에 가지고 있다고 알려 줬다. 제정신이 아닌 상태는 미친 듯이 사랑하는 감정과 닿아 있다고.(하긴 라이너스만 봐도 알 수 있다.) 어쩌면 선생님은 미친 듯이 삶을 사랑하는 사람일지도 모른다. 그리고 그런 선생님의 말대로라면 나는 슬픔의 할당량을 진작 다 채웠을 테니 기쁨만이 남은 것이다. 무근거, 무논리의 이론이었지만 이상하게 위안이 되었다.

밤이 깊어 가며 사람들이 하나둘씩 자리를 떠났다. 하지만 우리 중 누구도 일어설 생각이 없었다. 이미 막차도 끊겼을 것이다. 나는 벌러덩 누웠다. 검푸른 하늘에 별이 가득 박혀 있다. 지구에 간신히 붙어 있는 내가 자칫하면 우주로 떨어져 버릴 것만 같다.

수민이도 풀썩 옆에 누웠다.

"그래서 개는 어디로 갔을까?"

수민이는 속삭이듯 다시 물었다.

"바나나 농장."

"뭐야. 원숭이도 아니고."

"딸기 잼 공장."

"알래스카에 가서 연어를 실컷 먹고 있을지도."

"생선은 안 먹어. 연어 맛 간식만 먹잖아."

"그럼 연어 맛 간식 공장."

"어디에 갔든 잘 있으면 좋겠다."

"……혜진이도."

수민이의 마지막 말에 불현듯 눈물이 쏟아졌다. 눈을 깜박여도 어금니를 아무리 꽉 깨물어도 참기 어려웠다. 눈물은 뺨을 타고 줄줄 흘러내렸다. 몇 년간 한 번도 열리지 않은 냉동고가 활짝 열린 것처럼. 어두운 곳에서 꽁꽁 언 채로 가득 뒤엉켜 있던 것들이 녹으며 모습을 드러냈다. 동영상이라도 찍으며 놀릴 줄 알았던 수민이는 의외로 조용했다. 심지어 오른손으로 내 왼손을 토닥이기까지 했다.

한참을 울었다. 지난 몇 년간 참아 온 눈물은 모두 몸 안에 고여 있었다. 조용히 울어 버릴 장소를 찾아 여기까지 온 셈이다.

"얘들아, 일어나."

선생님의 말에 우리는 몸을 일으켰다.

"바람의 방향이 바뀌었어."

바다에서 육지로 불어오던 해풍은 지열이 식으며 어느새 반대로 불고 있었다.

테이프를 제거하고 도기의 뚜껑을 열었다. 우리는 신발을 벗고 바다로 들어갔다. 사방은 조용했고 파도 소리마저 숨을 죽이는 듯했다. 선생님이 먼저 한 줌을 꺼내 바다 위로 뿌렸다. 다음으로 수민이가, 마지막으로 내가. 깊은 바다로 가라고 멀리멀리 팔을 뻗어 보내 줬다. 짧게 다녀갔지만 이 세상에 와 줘서 고마워. 네가 있어서 많은 시간을 좀 더 잘 견딜 수 있었어. 고마워.

도기를 깨끗하게 비우고 나서도 우리는 한동안 바다에 있었다. 발목에 감겨 오는 바닷물과 부드러운 모래의 촉감이 좋았다. 선생님은 옷이 젖는 것도 개의치 않고 점점 더 바다 안으로 들어갔다. 허리, 가슴, 어깨가 다 잠기도록.

"선생님 말려야 하는 거 아니야?"

수민이가 도기를 닦다가 문득 물었다. 선생님이 생각보다 더 깊이 들어가 있었다. 어두운 청색의 바다에 새까만 머리 하나만 떠서 파도에 흔들리고 있었다.

"선생님!"

수민이가 선생님을 불렀다. 이윽고 선생님의 머리까지 물에 잠겼다. 선생님을 삼켜 버린 바다는 아무 일도 없는 것처럼 잔잔하기만 했다. 선생님을 부르는 수민이의 목소리가 점점 더 공포에 질리는 것을 들으며 바다로 뛰어들었다. 정신없이 팔과 다리를 휘

저으며 나아갔다. 깊이 들어갈수록 바닷물은 차가워졌다. 어느 순간 선생님의 몸이 팔에 닿았다. 머리카락까지 흠뻑 젖은 선생님은 크게 웃으며 나를 뒤에서 안았다.

"아 뭐예요? 미쳤어요?"

"누워 봐, 현수야. 누워 봐."

버둥거리는 나를 잡아 선생님은 바다 위에 눕혔다. 다행히 그 지점의 수심은 그다지 깊지 않았다. 우리는 두 마리의 해파리처럼 힘을 빼고 바다 위에 둥둥 떴다.

"엄마 배 속에 있을 때 이런 느낌이었을까?"

훤한 대낮 다 놔두고 한밤중의 해수욕이라니. 게다가 바다에서 유영하며 자궁의 느낌 따위를 떠올리는 중학생은 세상 어디에도 없을 거다.

"죽을 만큼 힘들 때는 이렇게 힘을 빼 버리면 돼."

선생님의 목소리도 물 위를 함께 둥둥 떠다녔다.

"그럼 살아져."

물 위에 매끄럽게 떠 있는 나의 몸은 낯설고 친숙했다. 마치 긴 시간을 거쳐 먼 곳에서 이곳까지 떠내려온 것처럼. 나라는 존재가 이 시공간에 존재하기 이전에 유영했던 기억을 가지고 있는 것처럼. 나는 별들과 달을 바라보았다. 저 빛들이 나에게 도달하기 위해 건너왔을 새까만 우주를 생각하자 한없이 아득해졌다.

잠시 후 해변에 도착하자 발을 동동거리고 있던 수민이가 우리 둘의 등을 후려쳤다. 한밤의 수영은 나쁘지 않았다. 지구를 구성하는 유기 생명체가 되어 본 경험이었다. 선생님과 나는 낄낄대며 웃었다. 티셔츠를 벗어 물기를 짜고 다시 입으니 등에 오소소 소름이 돋았다. 선생님은 가방에서 티셔츠를 꺼내 갈아입었다. 어이가 없었다. 갈아입을 옷이 있어서 저렇게 속 편하게 수영을 한 거다.

"병원에서 자는 날도 있어서 여벌 옷이 가방에 항상 있어."

변명하듯 선생님이 말했다. 어련하시겠습니까. 그래도 선생님이 죽으려고 하거나 미친 것이 아님을 확인하니 안도감이 들었다. 아까는 그대로 영원히 바닷속으로 들어가 버리려는 것 같은 뒷모습이었다.

바람이 차진 않았지만 젖은 옷 때문에 몸이 점점 떨려 왔다. 우리 셋은 편의점으로 향했다. 바닷가에 있으니 타월을 팔지 모른다. 편의점 가까이 가자 치킨 냄새가 흘러나왔다. 추위도 슬픔도 잊고 우리는 어느샌가 치킨을 결제하고 있었다. 타월과 컵라면도 샀다. 뜨거운 물을 부은 컵라면과 치킨을 들고 머리에 타월을 얹은 채 다시 해변으로 돌아왔다.

모래가 조금 섞인 컵라면과 치킨을 먹었다. 우리 셋 다 며칠은 굶은 것처럼 허겁지겁 먹었다. 아주 단숨에 죽음에서 삶으로 넘어온 것 같았다. 울적하고 어두웠던 감정이 작아지고 잠시지만 라면과 치킨 냄새가 모든 것을 지배했다. 먹으면서도 헛웃음이 나왔다.

"장례식장에서 육개장 두 그릇 먹으면 염치없는 걸까요?"

라면을 국물까지 싹 비운 수민이가 물었다.

"내 장례식장에 오면 넌 세 그릇 먹게 해 줄게."

라면을 우물거리며 선생님이 대답했다. 만족했는지 수민이가 흐흐 웃으며 남아 있던 치킨 중 가장 큰 조각을 집어 들었다.

"내 장례식장 음식은 육개장 말고 치킨으로 할래."

"오, 현수. 파격적."

"다들 와서 두 마리씩 드세요."

"우리 지금 대화가 잠꼬대 같다."

바다와 편의점 사이에서 우리는 장례식에 관한 농담을 한참 했다. 먹어도 먹어도 어째서인지 허기가 잘 가시지 않았지만.

쓰레기를 치우고 가방을 베개 삼아 누운 채 깜빡 잠이 들었나 보다. 누군가 몸을 흔들어 눈을 뜨니 해가 뜨고 있었다. 잠이 덜 깬 채 천천히 해가 떠오르는 걸 바라봤다. 새하얀 빛이 기지개를 켜는 것처럼 사방으로 퍼져 나가며 어둠을 몰아냈다. 순식간에 아침이 왔다. 텅 빈 해변에 맑은 파도가 어젯밤과 전혀 다른 얼굴을 하고 철썩이고 있었다. 어떤 공포도 어떤 죽음도 읽히지 않는, 말간 낯빛의 바다였다. 신기하게 몇 년 만에 처음으로 속이 편안했다. 이대로라면 '세상에 이런 일이'에는 못 나갈지도 모르겠다.

주변을 둘러보니 선생님은 구겨진 옷처럼 심하게 몸을 말고 잠들어 있다. 수민이는 다크서클이 턱 밑까지 내려온 채 바다를 바라보고 있었다.

"일출 처음 봐."

수민이가 날 보며 말했다.

"몇 시간 사이에 해가 뜨네."

"바다의 두 얼굴이 너무 다르다."

"인생도 바다도 투 페이스."

"이것 좀 만져 봐."

수민이에게 손목의 묵주를 내밀었다.

"따뜻해."

"신기하지? 아침마다 따뜻해져."

정말 그랬다. 알 수 없는 말과 함께 묵주를 건네받은 날 이래로, 해가 뜨는 시간이 가까워지면 묵주는 조용히 발열했다. 아침마다 손목 위에서 그 온도를 느낄 수 있었다. 수민이는 한동안 묵주를 손에 쥐고 있다가 내게 돌려줬다.

"반려 묵주인가 보다."

"무슨 소리야, 그게."

"살아 있는 묵주인 거야. 그래서 체온이 있는 거지."

최수민이 최수민 같은 말을 했고 그럴듯하다는 생각까지 들었다. 이래서 같이 노는 애가 중요한가 보다. 나까지 이상한 말들에 금방 납득을 하고 만다.

"오늘 7월 19일이다."

"그게 왜?"

"혜진이가 실종된 날이야."

"소수로 이뤄진 날이구나."

자고 있는 줄 알았던 선생님이 불쑥 끼어들었다.

"이상한 의미 좀 부여하지 마세요."

"소수는 특별해. 아주 단단한 숫자들이지."

무언가에 꽂힌 표정으로 선생님은 모래 위에 숫자들을 쓰기 시작했다. 그런 선생님을 두고 수민이와 나는 일어나 모래를 털고 갈 준비를 했다. 아르키메데스가 유레카를 외칠 때까지 기다려 줄 시간은 없다. 무엇보다 혜진이의 실종에 신의 메시지 따위 없었으면 싶다. 실수였을 테니까. 의도가 없으면 메시지도 없을 거다.

연도와 날짜 등을 중얼거리던 선생님이 갑자기 물었다.

"그날 가족들이 묵었던 방 호수가 몇이야?"

"그걸 어떻게 기억해요?"

"알아내면 좋겠는데."

"적당히 하세요."

내 말을 귓등으로도 안 듣고 선생님은 호텔로 가서 물어보자며 벌떡 일어섰다. 급발진이다. 만류하는 내 목소리는 달팽이관에도 가닿지 못하는 모양이다. 잠을 못 자서 말릴 에너지도 없었다. 하지만 어쩌면, 나는 알고 있었는지도 모른다. 이곳에 오기로 결심한 이상 그랑블루 호텔에 가게 될지도 모른다는 걸. 아니, 반드시 가게 될 거라는 걸. 그 문은 나를 부르고 있었다. 아무리 외면하려 해도 그건 가능한 일이 아니었다.

해변을 가로질러 호텔로 향하는 선생님 뒤를 쫓아갔다.

‹ 그 장면 ›

결국 이곳에 오게 됐다. 노숙자 같은 모양새로 새벽 다섯 시에,
5년 전 투숙 객실의 방 번호를 물어보기 위해.

로비는 텅 비어 있었다. 선생님은 거침없는 발걸음으로 리셉션
에 다가갔다. 제복을 입은 두 명의 직원 중 한 명은 낯이 익었다.

"야, 이거 봐."

수민이가 리셉션 데스크 한 귀퉁이를 가리켰다. 거기엔 코팅
된 혜진이의 실종 전단지가 단단히 붙어 있었다. '그랑블루 호
텔에서 실종되었음.' 부분에 형광펜까지 그어져 있었다. 생각지
도 못했다.

"얘가 혜진이의 가족 되는 사람입니다. 문의드릴 게 있어서 찾
아왔습니다."

선생님은 전단지를 가리키며 필요 이상 큰 목소리로 말했다.

"혜진 양 오빠 되십니까?"

낯익은 직원이 나를 바라보며 부드럽게 물었다. 얼결에 고개

를 끄덕였다.

"아버님과는 몇 번 뵈었는데 아드님은 오랜만에 뵙네요. 잠깐 시간이 괜찮으시면 자리를 옮겨서 이야기 나누시죠."

그 직원은 우리를 작은 휴게실 같은 곳으로 안내했다. 커피와 몇 종류의 차, 정수기와 의자 몇 개가 다인, 직원들의 공간인 듯싶었다.

"오늘 갑자기 야간조 직원이 일이 생겨서 제가 대신하고 있었는데 이렇게 뵙게 되네요. 총괄 매니저 조창엽입니다."

명함을 건네며 인사를 한 매니저 아저씨는 커피를 타고 간단한 다과를 내오고 어딘가에서 주스를 가져오는 등 한동안 분주하게 움직였다. 우리 세 사람은 생포된 좀비들처럼 얌전히 의자 위에 앉아 그 움직임을 눈으로 좇았다. 이윽고 매니저 아저씨가 의자에 앉자마자 선생님은 대뜸 우리 가족이 묵었던 방의 번호를 물었다.

"1013호실입니다만."

"그걸 외우고 계세요?"

놀란 마음에 내가 물었다.

"경찰 조사를 받으면서 여러 번 말하기도 했고 저로서도 좀처럼 잊기 힘든 번호라……."

선생님은 번호를 듣자 말이 없었다. 신과 교신 중인가 보다.

"아버님이 몇 번 오셨어요. 저랑 이야기 많이 나누셨고, 아드님 사진도 보여 주시고 해서 사실은 아까 보자마자 알아봤습니다."

"제 사진이요?"

"네, 제가 안부를 물었거든요. 저랑 로비에서 봤던 건 기억나세요?"

기억이 난다고 했다. 아직 명함도 간직하고 있다.

"전에 메일 주셨을 때 반가웠습니다. 문의 내용은 잘 이해가 안 가긴 했지만……. 먼저 알은체를 할까 말까 망설였는데 좀 실례가 될 수도 있어서요."

매니저 아저씨는 5년 전에도 그랬듯 내게 깍듯한 존댓말을 썼고 눈이 마주칠 때마다 정중하게 웃었다. 세련되고 매너 있는 서비스가 몸에 밴 사람이었다. 내 주변에서는 좀처럼 보기 힘든.

"궁금하신 점이 그 방 번호였던 것인가요?"

선생님은 대답 없이 자기만의 세계에 빠져 있었다. 내가 대신 그렇다고 대답했다.

"호텔 후문에 이어서 방 번호를 물어보셔서 좀 당황스럽긴 합니다만, 뭔가 연유가 있으신 걸로 생각하겠습니다. 요새 재수사가 시작되어 경찰이 여러 번 다녀갔습니다. 분명히 곧 좋은 소식이 있을 겁니다."

듣는 사람에게 신뢰를 주는 목소리와 억양으로 매니저 아저씨는 힘주어 말했다. 그때와 마찬가지로 속절없이 믿어 버리고 싶은 마음이 들었다. 혜진이의 전단지에 저렇게 자리를 마련해 주는 사람이라 고마웠다.

하지만 동시에 기분이 한없이 가라앉았다. 아무래도 어젯밤의 피로와 이 공간에 대한 긴장감이 섞여서 그럴 것이다. 향수병이 엎질러진 것처럼 호텔에 들어서자마자 나는 문에 대한 강렬한 기억에 사로잡혔다. 눈을 감으면 문으로 빨려 들어가던 사람들의 비명 소리와 헤렌 산토스의 눈동자가 더욱 선명해졌다. 나를 괴롭혀 온 그 오래된 꿈이 지금, 이곳에 있다.

이만 가 봐야 할 것 같다고 간신히 이야기하고 일어섰다. 수민이는 매니저 아저씨가 내온 다과를 모두 먹어 치우는 중이었다. 쿠키와 과자 껍데기가 테이블 위에 산더미처럼 쌓여 있었다. 매니저 아저씨는 수민이의 두 손 가득 쿠키를 리필해 줬다.

방을 나서면서 매니저 아저씨에게 말했다. 전단지 감사하다고.

"호텔은 비극을 기념하지 않아요. 우리는 혜진 양이 다시 돌아올 거라 믿고 있고 그렇기 때문에 혜진 양의 사진을 모두가 볼 수 있도록 해 둔 겁니다. 어쩌면 부분 기억상실증에 걸려 집을 못 찾는 건지도 모르죠. 어쩌면 어느 날 문득 이 호텔이 기억날 수도 있고요. 그렇게 여길 찾아오게 될 가능성에 대해 생각해 보았답니다."

그리고 조금 망설이다, 그는 말을 이었다.

"우리 직원 모두, 혜진 양의 얼굴을 매일매일 봐 왔어요. 혜진 양이 나타나면 1초 안에 알아볼 수 있는 사람들이 여기에 있어요. 기운 내세요."

우리 가족 말고도, 이 세상 어딘가에 혜진이를 기억하고 기다리는 사람들이 있다는 말. 태어나 들은 그 어떤 말보다 단단하고 힘센 말이었다.

호텔에 온 건, 잘한 일이었다.

잠시 로비를 둘러봐도 되냐고 물었다. 얼마든지, 라는 말을 남기고 매니저 아저씨는 자리로 돌아갔다. 수민이와 선생님이 로비의 소파에 앉아 있는 동안 로비를 한 바퀴 돌았다. 조금 낡았을 뿐 그때와 거의 모든 것이 비슷했다. 벽에 걸린 그림들과 작은 분수, 그랜드피아노. 나는 천천히 후문으로 향했다.

후문은 매번 꿈속에서 보던 것과 완벽히 똑같았다. 그래서 지금이 오히려 꿈 같은 느낌이 들었다. 문이 열리고 곧 모든 것이 빨려 들어간다. 블랙홀처럼. 어쩌면 모든 것은 이미 저 문으로 빨려 들어갔고 여기에 남은 것은 그 잔상일지도 모른다. 너무 빠른 속도로 사라져 버려서, 마치 빛보다 한 박자 느린 소리처럼 아직 여기에 남아 있는 것일지도. 우리는 우리가 잔상인 줄도 모르고 살아가고 있다. 한 박자 느린 삶을. 유리문에 손을 대 보았다. 문은 단단하고 차가웠다. 하지만 손을 대고 있을수록 손바닥 아래 무언가 움직임 같은 게 느껴졌다. 그것은 오래 봉인해 둔 기억이자 깊이 잠재워 둔 그날의 장면이었다. 내 체온으로 인해 점차 미지근해진 문은 살아 있는 생물처럼 내게 말을 걸었다. 마주하라고, 문을 열라고.

그날, 혜진이는 게임을 하는 나에게 놀자고 조르고 졸랐다. 숨바꼭질을 하자고 했다. 그 애는 숨바꼭질을 정말 좋아했다. 한 번 시작하면 끝나는 법이 없었기 때문에 가족들 모두 혜진이 입에서 '숨바꼭질'이란 말이 나오면 도망 다니기 바빴다. 게다가 당시 나는 화면에서 눈을 잠시도 뗄 수 없는 상태였다. 순간이 순위를 결정지었고 일 등을 해야만 새로운 쿠키를 뽑을 수 있었다.

그리고 그 장면.

게임에 몰두해 있는데 어느 순간 선명한 바람이 느껴졌다. 바다 냄새가 나는 바람이었다. 내 눈동자는 반사적으로 움직였다. 힐끗 바라본 후문으로 혜진이가 빠져나가고 있었다.

그때 바로 휴대폰을 내려놓고 쫓아갔다면, 혜진이는 여기에 있을 거다. 하지만 나는 그러는 대신 그 장면을 못 본 것처럼 게임으로 돌아갔다. 몇 번이나 엄마 또는 아버지에게 말하려고 했지만 입이 떨어지지 않았다. 나는 안다. 내가 혜진이를 잃었다. 모든 것이 나로 인해 벌어진 일이다. 이 모든 고통과 슬픔의 범인은 나다.

나는 그 장면을 머릿속에서 완전히 삭제했다. 나의 죄책감으로부터 오랜 시간 도망쳤다. 아니, 삭제하지 못했다. 어딘가 깊이 묻어 뒀던 거다. 엉망진창이 된 내 마음의 아주 깊은 곳에. 그런데 지금 기이할 정도로 선명하게 그 장면만이 마음의 수면 위로 오도카니 떠올라 있다.

이 문 앞에 선 지금, 지금이 아니면 말할 수 없음을 안다.

개의 죽음, 7월 19일, 바닷가, 머문 방의 호수, 매니저 아저씨, 실종 전단지, 마침내 도착한 꿈속의 후문. 모든 게 이 순간을 위해 도미노처럼 늘어서 있었다.

나는 아버지에게 전화했다.

‹ 모 든 것 은 연 결 되 어 있 어 ›

우리의 가출 아닌 가출로 센터는 며칠 동안 시끄러웠다. 선생
님은 모든 책임을 지고 관리직에서 물러나게 되었다. 수민이는 울
며불며 난리였지만 정작 선생님은 태연했다.

"어디로 가실 거예요?"

"왜? 따라오게?"

짐을 챙기는 선생님은 어딘지 모르게 홀가분해 보였다.

"병실도 빼실 거예요?"

"어제 뺐다."

선생님은 나에게 오리 모양의 슬리퍼를, 수민이에게 카카오 캐
릭터가 그려진 담요를 건넸다. 모두 병실에서 봤던 물건이었다.
어리둥절한 수민이에게 딸의 유품이라고 전하자 눈을 동그랗게
뜨며 담요를 끌어안았다.

"이런 중요한 걸 저희한테 줘도 돼요?"

"중요해서 주는 거지."

"어디로 가시는지 알려 주세요."

다시 한번 이야기하자 선생님은 짐 싸던 걸 멈추고 우리를 바라봤다.

"당분간 치료를 받을 거야. 아내가 원하던 일이야."

"무슨 치료요?"

수민이와 내 시선이 순간적으로 부딪혔다. 선생님은 대답하지 않았다.

"선생님, 정말로…… 미쳤던 거예요?"

역시나 용감한 수민이가 물었다.

"나는 그렇게 생각하지 않았어. 지금도 그렇고. 신과 나만 아는 징표들이 있어. 사람들이 이상하게 생각하는 줄은 알아. 하지만 그걸 놓는다는 건 혜원이에게서 떨어져 나간다는 의미야. 어떻게 해서든 영원히 그 방에 머물고 싶었어. 거기에 혜원이가 있었으니까."

"이제는 아니에요?"

"1013호. 눈치챘는지 모르겠지만 호텔 방과 혜원이 병실 호수는 같았어. 신은 나에게 혜원이가 더 이상 그 공간에 없다고 전했어. 그 순간 떠나기로 결심했어. 센터에서의 일은 아무 상관 없어. 아니, 오히려 이렇게 된 것조차 신의 메시지를 증명하는 거지."

선생님은 단호하고 확신에 차 있었다. 늘 그랬던 것처럼. 나는 더 이상 선생님의 거처를 묻지 않기로 했다. 다만 마음속에 또 다른 빈방이 생겼다. 선생님이 언젠가 그 방의 문을 두드릴 것만 같았다. 언제가 됐든 다시 만나게 될 것이다.

"하나만 기억해. 모든 것은 연결되어 있어. 그래서 지구가 둥근 거야."

환경운동가의 표어 같은 말을 남기고 선생님은 센터를 떠났다.

며칠 후, 혜진이의 유골이 발견되었다.

너울성 파도에 피서객들이 휩쓸려 갔고 그들을 찾기 위해 수색하던 중 혜진이의 유골 일부분이 발견됐다. 해변에서 북동쪽으로 100여 미터 떨어진 바다 위 바위섬에서였다. 이전의 수색 때는 완전히 놓쳤던 곳이었다. 해류의 흐름상 떠내려간 사람들이 그쪽에서 발견되기가 쉽지 않다고 했다. 내가 문 앞에서 기억을 찾자 혜진이가 나타났다. 우리가 숨바꼭질이라도 했던 것처럼.

장례식은 조촐하게 치러졌다. 마침표가 찍힌 비극에는 관심이 없는지 언론은 조용했고 장례식장은 더욱 조용했다. 유골 발견 후 며칠간의 일은 열병에 걸려 꿈과 현실이 뒤섞인 것처럼 뒤죽박죽이었다. 정신 차려 보니 새하얀 소복을 입은 엄마와 새까만 상복을 입은 아버지와 내가 정물처럼 앉아 있었다. 전단지의 사진은 영정 사진이 되었다.

엄마는 엎드려 울었다. 눈물의 무게에 허리를 펴고 앉을 수가 없는 것처럼 고개를 들지 못하고 엎드려 울었다. 그렇게 울던 엄마가 문득 일어나 말했다.

"꽃을 바꿔야겠어."

아버지가 무슨 소리냐고 묻자 엄마는 꽃을 바꿔야겠다고 다시 말했다. 흰 국화꽃은 혜진이와 너무 어울리지 않는다고, 이런 분위기라면 혜진이가 찾아와 주지 않을 거라고 했다. 이상한 말이었지만 우리는 엄마의 말을 이해했다. 아버지는 문상객 중 한 분에게 꽃을 사다 달라고 부탁했다. 색깔은 다양할수록 좋고 가장 싱싱하고 예쁜 꽃이어야 한다고 말했다. 그리고 다른 누군가에겐 동화책과 인형, 장난감, 간식거리 등을 부탁했다. 어른들은 일사불란하게 움직였다.

잠시 후 흰 국화를 뺀 자리에 알록달록하고 아름다운 꽃들이 채워졌다. 봄날의 꽃집에 온 것처럼 화사한 꽃들이었다. 그 꽃들 한가운데 자리한 혜진이의 얼굴은 아까보다 덜 낯설어 보였다. 제단에 올려진 사과, 배, 한과, 떡 등의 음식을 치우고 민트초코 쿠키, 짜 먹는 요구르트, 스누피 우유, 나물 등을 올렸다. 동화책과 인형, 장난감도 함께 놓았다. 엄마 친구 한 분이 휴대폰으로 애니메이션을 틀어 혜진이의 사진 옆에 두었다. 휴대폰 안에서 숫자송에 맞춰 다양한 동물들이 춤추고 노래했다. 다른 장례를 치르던 문상객들이 무슨 소동인가 몰려왔다가 혜진이의 영정 사진을 보고 말없이 돌아갔다.

장례식은 이제 좀 더 혜진이의 장례식처럼 보였다. 그랬다는 것은 비현실적으로 느껴졌던 혜진이의 부재를 완전히 실감하게 되었다는 뜻이었다. 혜진이가 좋아했던 숫자송 영상을 보자마자 시작된 울음을, 나는 멈출 수 없었다. 얼굴과 옷소매, 가슴팍이 흠뻑 젖도록 나는 울었다. 몇 년간 울 수 없는 인간이었는데 이제는 눈물을 참을 수 없는 인간이 되어 버린 것 같았다. 몇 시간을 울고 나서도 밥을 먹으며, 이야기를 하는 중간에, 화장실에 다녀오며, 문상객을 맞이하며 나는 시도 때도 없이 울었다. 내 몸에 이렇게 많은 물이 있었는지 몰랐다.

그런 나를 아버지와 엄마는 안아 줬다. 우리 셋은 서로를 끌어 안은 채 누구의 눈도 의식하지 않고 큰 소리로 울고 또 울었다. 목이 쉬고 눈에 핏줄이 다 터지도록. 하지만 그래야만 했다. 너무 오랜 시간 동안 우리는 참고 참았다. 몸에 고여 있던 슬픔과 절망을 퍼낼 수 없었다. 혜진이는 우리에게 돌아왔다. 우리는 슬프면서 기뻤다. 혜진이의 작은 부분을 마침내 되찾을 수 있어서. 그것을 품에 안을 수 있어서. 안녕이라고 말할 수 있어서.

호텔의 후문에서 아버지에게 전화했을 때 나는 말했다. 혜진이를 따라가지 못한 건 나의 잘못이고 죽을 때까지 그 사실을 잊지 않을 거라고. 이 죄책감을 가지고 평생을 후회하며 살 거라고. 그러자 아버지는 이렇게 말했다.

"현수야, 하나만 기억해. 너의 죄책감이 2% 정도라면 아빠 엄마가 가진 죄책감이 98% 정도 된다는 걸. 아이를 지키지 못한 책임은 부모가 지는 거니까. 네가 깊은 죄책감을 느낄 때마다 그건 2%의 죄책감이라는 걸, 네가 너무 그것에 함몰되어 버린다면 98%의 죄책감을 가진 아빠 엄마는 살아갈 수가 없다는 걸 기억해 줘."

고작 2% 죄책감의 무게를 가지고 살아가기도 벅찬 나는 아빠 엄마의 고통을 상상하기조차 어려웠다. 그래서 아버지와 엄마의 품 안에서 더 크게 울었다. 할 수 있는 일은 고작 그런 일뿐이었다. 서로 끌어안고 우는 일. 울고 난 후 식은 육개장을 나눠 먹는 일, 부은 눈에 얹을 물수건을 주고받는 일, 상대의 꽉 쥔 주먹 위에 나의 손바닥을 얹는 일. 그렇게나 별 볼 일 없는 일. 하지만 우리가 할 수 있는 유일한 일이었다.

이틀째 되는 날 수민이가 왔다. 어색한 문상을 마친 후 자리를 잡은 수민이는 내게 초코 우유를 내밀었다. 꼭 지금 마셔야 한다고 고집을 부려서 마지못해 시키는 대로 했다. 악마처럼 단 초코 우유였다.

"육개장 두 그릇 먹어라."

너무 울어 내 목소리는 염소 소리 같았다. 수민이는 피식 웃었다.

"선생님이랑 같이 오려고 연락했는데 입원 중이라 못 오신대. 대신 이 말을 전해 달래."

"뭔데?"

"쪼개지지 않는 건 소수와 탄소뿐이래. 그리고 헤렌 산토스는 살아 있대."

"뭐?"

"헤렌 산토스가 대체 누구야?"

나는 수민이에게 헤렌 산토스 이야기를 해 줬다. 수민이는 서 프라이즈 이야기를 하는 서 선생님을 바라보는 눈으로 나를 바라봤다.

"생판 처음 듣는 이름이야."

수민이는 휴대폰으로 헤렌 산토스를 검색했다.

"최근에 당시 조수였던 사람이 인터뷰했는데 그 마술사, 도망간 거라는데? 빚이 무지하게 많았대. 문으로 사라지는 트릭도 어디 언론사에 돈 받고 독점으로 불었대."

"아…… 듣지 말걸."

"뭐 그 조수의 말이 다 진실인지는 모르는 거지."

"어찌 됐든 지금까지 웜홀에 갇혀 있는 것보단 낫네."

육개장과 떡, 전 같은 것을 가져다줬지만 수민이는 잘 먹지 못했다. 젓가락을 만지작거리며 무슨 말인가 하려다 그만두는 것을 반복했다. 잠시 후 어쩔 줄 몰라 하는 수민이를 장례식장 밖으로 데리고 나왔다.

"괜찮아?"

주변을 둘러보고 사람이 없는 것을 확인한 수민이가 물었다.

"미안해, 괜찮을 리가 없는데……."

"그냥, 현실 같기도 하고 꿈 같기도 하고 그래."

"울고 싶으면 그냥 크게 울어 버려."

내가 어제 하루 종일 울었던 것을 모르는 수민이가 말했다.

"너한테 동영상 찍힐 일 있냐."

"미안해, 위로를 잘 못해서. 그런데…… 장례식장에서 그렇게 꽃이 예쁘면 반칙 아니야?"

이 말을 끝내자마자 수민이는 엉엉 울기 시작했다. 수민이의 등을 두드리며 달래려고 노력했지만 수민이는 좀처럼 눈물을 그치지 못했다.

"역할이 바뀐 것 같은데."

"미안해……."

뭐가 그리 미안한지 수민이는 계속 미안하다고 되뇌었다.

"저기……."

"말해."

"5년 동안 정말…… 고생 많았어."

정말 위로에 소질이 없다. 가슴이 아려 왔다.

"그러니까 혜진이 잘 보내 주고 네가 다시…… 행복해지면 좋겠어."

대답할 수 없었다. '행복'이란 단어가 너무 낯설었다. 수민이는 모르고 있다. 내가 그날 호텔 후문 밖으로 놓쳐 버린 것이 무엇인지. 그 기억을 가지고 행복할 수 있을까. 언젠가 다시 행복해져도 되는 걸까.

수민이를 배웅하며 고맙다고 했다. 와 줘서도 고맙고 소리 내어 울어 줘서도 고마웠다.

"현수야, 나는 우리가 바다로 보내 준 개가 혜진이를 돌려보내 준 것만 같아."

"그래, 정말로 모든 것이 연결되어 있는지도 모르겠다."

"선생님은 미치지 않았는지도 몰라. 진짜 신의 메시지를 듣는 거 아닐까?"

"그럼 네가 신도 1 하면 되겠다."

"……나랑 한 약속은 기억해?"

"어떤 약속?"

"쌍둥이 만나러 같이 가 준다는 약속."

당연히 기억한다고 했다. 수민이는 다음 주에 가 줄 수 있냐고 물었다.

"너를 보고 나도 용감해지기로 했어."

"내가 용감하다고?"

"응. 너는 내가 아는 사람들 중에 가장 용감해."

알았다고 하자 수민이는 만족한 듯 여름 햇살처럼 환하고 눈부시게 웃었다. 다음 주. 구체적인 미래 시제를 듣자 장례식 이후에도 시간이 지속된다는 것이 실감됐다. 나는 다시 학교에 나갈 것이고 수민이의 쌍둥이 유민이를 만나러 갈 것이고 일상을 살아갈 것이다. 떠나기 전 수민이는 말했다.

"역시 넌 보고서를 작성해야 할 것 같아."

"무슨 보고서?"

"혜진이를 잃고 힘들었던 시간에 대한 보고서. 신은 바빠서 잘 모를 수 있으니까. 양심이 있다면 적어도 그 시간만큼 기쁜 날들을 네 인생에 할당해 주시겠지."

나는 속으로 헤아려 봤다. 혜진이가 사라진 날로부터 오늘까지 딱 1831일이었다. 맙소사. 또 소수였다. 이를 들은 수민이는 확신에 찬 어조로 말했다.

"신의 계시야. 넌 소수처럼 단단해질 거야. 절대 쪼개지지 않는 건 소수랑 탄소, 그리고 최현수 너야."

손을 흔들며 멀어지는 수민이의 뒷모습을 한참 바라봤다. 그것은 마치 사막의 신기루처럼 공기 중에 한없이 흔들리다 마침내 점이 되어 사라졌다.

곧 비가 내리기 시작했다. 그리고 담임이 찾아왔다. 나를 세게 끌어안고 어깨를 들썩이며 울었다. 오늘은 나를 대신해 울어 주는 사람들이 많다. 담임이 악한 사람이 아니라는 건 알고 있었다. 그는 그냥 약한 사람이다. 실패하지 않기 위해 먼저 숨을 장소를 찾는 사람이었다. 문상 후 그는 육개장을 한 그릇 다 비웠고 학교에서 보자며 내 어깨를 두드렸다. 왠지 모르게 개운한 표정이었지만 신경 쓰이진 않았다. 나의 슬픔이 모두의 슬픔은 아니니까. 하지만 사실 다들 무언가를 잃은 채로 혹은 잃을까 두려운 채로 살아가고 있음을 이제 나도 안다.

담임이 떠나고 그랑블루 호텔의 매니저 아저씨도 찾아왔다. 아버지와 매니저 아저씨는 소주를 같이 마셨다. 떠날 때 내게 악수를 청하며 다시 만날 수 있기를 바란다고 했다.

밤이 되자 빗줄기가 굵어졌고 바람도 많이 불었다. 태풍이 북상 중이라는 뉴스가 들려왔다. 피로가 밀려왔다. 이틀간 무리한 엄마는 거의 실신 상태가 되어 안정을 위해 병실로 옮겨졌다. 아버지는 늦게 찾아온 문상객을 상대하고 있었다. 면회 시간은 끝났지만 몰래 병실로 올라갔다. 엄마가 잘 있나 보고 싶었다.

어두운 병실에 커튼 사이로 가로등 불빛만 희미하게 새어 들어오고 있었다. 병실 안의 누군가 코 고는 소리도 들렸다. 나는 신발을 벗고 조용히 엄마 옆에 누웠다. 독한 약 냄새를 뚫고 엄마 냄새가 났다. 엄마는 신경안정제, 항우울제, 수면제 등을 복용했을 것이다. 코끼리도 잠재울 양의 약들이다. 하지만 엄마는 잠결에 몸을 돌려 나를 안아 줬다. 엄마에게 이렇게 안겨 있자니 아이가 된 것 같았다.

잠이 들었고 꿈을 꿨다. 다시 호텔의 후문이었다. 문은 활짝 열려 있었지만 아무것도 빨아들이지 않았다. 다만 고요히 열려 있을 뿐이었다. 문을 통해 바깥으로 나가 바닷가로 연결된 길을 걸었다. 파도는 잔잔했고 날씨는 평온했다.

길 끝에 혜진이가 서 있었다. 안고 다니던 스누피 인형 대신 개가 함께 있었다. 손을 뻗어 개를 쓰다듬었다. 따뜻하고 부드러웠다. 생생한 감촉이었다. 이상하게 슬프지 않았다. 바다와 구름이 거기에 있는 것처럼 혜진이와 개가 거기에 있었다.

"혜진아."

이름을 불러 보았지만 들리지 않는 모양이었다. 푸른 원피스, 발목의 스티커, 머리띠……. 혜진이는 그날의 모습 그대로였다. 그늘도 바람도 없는 바닷가의 맑고 환한 태양 아래. 나는 혜진이를 바라보았다. 혜진이가 개와 달리며 웃는 것을, 혜진이가 바다에 발을 담그고 장난치는 것을, 햇볕에 눈이 부셔 눈을 살짝 찡그리는 것을, 작은 손으로 모래를 만지작거리는 것을 하염없이 바라보고 또 바라보았다.

눈을 떴을 땐 창문에 부딪히는 빗소리만 병실 안에 가득했다. 잠들기 전보다도 깜깜했다. 얼마나 오래 어두운 밤이 지속될지 알 수 없었다. 이곳엔 흔들리는 나무들과 차가운 비, 몰아치는 바람뿐인데.

그때 어둠 속에서 묵주가 조용히 발열하기 시작했다. 미약하지만 확실하게 손목 위에서 온기가 느껴졌다. 묵주를 가만히 쥔 채 얼마 전 바다에 누워 바라본 밤하늘을 기억해 냈다. 두렵도록 새까만 하늘을 가득 채웠던, 아주 멀리서 온 별의 빛들. 그 별들을 생각하며 매달리듯 엄마의 손을 잡았다. 잡지 않으면 견딜 수 없는 기분이었다. 묵주와 엄마의 손과 나의 손이 닿은 곳에서 작은 온기가 별빛처럼 깜빡였다. 이것을 내게 전해 준 누군가의 마음을 이제서야 온전히 이해할 수 있을 것 같았다. 나는 엄마의 손목에 묵주를 끼워 주었다. 아주머니와의 약속을 지켰다.

문득 빛나의 엄마가 전해 준 파일 속 혜진이의 그림들이 떠올랐다. 꿈속처럼 밝고 그늘 하나 없던 그림들. 그 그림들이 다시 보고 싶었다.

언젠가 이 어둠을 지나 그 애의 그림을 바라보며 다시 혜진이 이야기를 할 수 있으면 좋겠다. 그 애가 바라본 세상과 그 애가 살았던 세상에 대해. 세상의 모든 꽃들과 햇볕과 웃음과 기쁨과 행복에 대해. 시간이 걸리겠지만 영원한 밤이란 건 없을 테니까. 그 어떤 기나긴 밤을 지나더라도 아침은 기어코 찾아올 테니까.

"어둡고 폭풍우 치는 밤이었어."

나는 작게 속삭였다. 비밀은 작은 목소리로 말해야 한다고 했다. 하지만 생각해 보면 중요한 것들은 언제나 작은 목소리로 말해졌다.